dtv

Reihe Hanser

Wenn die Luft vor Hitze flirrt und Traumgespinste aus dem schmelzenden Asphalt steigen, wenn Schmetterlinge durch die schwere Luft gaukeln und ein Schattenplatz der begehrteste Ort ist, fangen auch die Gedanken an zu taumeln. Unordnung macht sich breit: Kathrin weiß plötzlich, sie ist eigentlich gar keine Kathrin, sondern eine Juliette oder Lucie – bis sie Florian trifft; David, der eines Nachts ein neues Sternbild am Himmel entdeckt und dann feststellt, dass das Sternenmädchen ganz in der Nähe ist; die Adlerbande hingegen verfolgt zielstrebig ihre erbarmungslosen Gartenzwerg-Hinrichtungen. Fast alles ist möglich, in einer hellen, schwülen, heißen Sommernacht ...

Uwe-Michael Gutzschhahn, geboren 1952, ist Autor und Übersetzer. Er hat mehrere Bücher für Kinder und Jugendliche veröffentlicht. Außerdem sind in der *Reihe Hanser* erschienen: ›Sommerabenteuer‹ (dtv 62022), ›Sommerträume‹ (dtv 62057), ›Sommerliebe‹ (dtv 62098), ›Ich möchte einfach alles sein‹ (dtv 62003) und Rafik Schami / Uwe-Michael Gutzschhahn: ›Der geheime Bericht über den Dichter Goethe‹ (dtv 62068).

Sommerfantasie

Herausgegeben von
Uwe-Michael Gutzschhahn

Deutscher Taschenbuch Verlag

Originalausgabe
In neuer Rechtschreibung
Juni 2003

www.dtv.de
Umschlagbild: © Quint Buchholz
Satz: Greiner & Reichel, Köln
Gesetzt aus der Sabon 11/13°
Druck und Bindung: Druckerei C. H. Beck,
Nördlingen
Gedruckt auf säurefreiem, chlorfrei gebleichtem Papier
Printed in Germany · ISBN 3-423-62140-0

Inhalt

Sigrid Zeevaert
Der Sommer fängt an 7

Brigitte Schär
Die Entdeckung 23

Lassen Beiner
Schmetterlingssommer 34

Root Leeb
Sommerflirren 38

Uwe-Michael Gutzschhahn
Engelbrücke 45

Henriette Kuhrt
Mein Sommer mit Alescha 57

Jan Koneffke
Adlers Bande 80

Jefferson Chase
Europa 102

Michael Wildenhain
Kunststück 122

Franz Hohler
Zu Berg 139

Michael Hatry
Sommerwind 152

Tanja Dückers
Freibad-Blues 170

John von Düffel
Remember Richard Klein 181

Autoren- und Quellennachweis 205

Sigrid Zeevaert

Der Sommer fängt an

Wenn ich vorübergehend einen anderen Namen hätte, wäre ich froh, denn wirklich gemocht habe ich meinen noch nie. Kathrin. Irgendwie klingt das nach nichts. Franka würde mir viel besser gefallen oder Juliette. Juliette wie das Mädchen, mit dem ich gestern bei den Felsen nach Krebsen gesucht habe. Sie hat nach Krebsen gesucht und ich auch und deswegen haben wir es sozusagen zusammen gemacht, obwohl wir kein Wort miteinander geredet haben, ich weiß auch nicht warum. Sie hat angefangen nichts zu sagen. Da habe ich mich auch nicht getraut. Außerdem habe ich gehört, wie sie mit ihrem älteren Bruder französisch gesprochen hat. Französisch klingt schön, auch wenn ich so gut wie nichts davon verstehe. Kriege ja gerade mal mit, dass es Französisch ist und nicht Chinesisch.

Juliette ist mit ihrer Familie heute Morgen wieder gefahren. Da hätte es sich mit dem Reden sowieso nicht gelohnt. Trotzdem finde ich ihren Namen schön. Und eine Französin wäre ich auch gern. Hätte dann vielleicht zwei ältere Brüder und käme aus Paris und würde genau hier an diesem Ort meine Ferien verbringen. Ohne Mama, Papa und meine kleine Schwester Marie, um die sich alles dreht. Selbst bei mir, obwohl ich oft genug das Gegenteil will. Aber was soll ich machen, wenn ich wieder mal auf sie aufpassen muss? Einfach nicht hingucken? Dazu ist sie noch zu klein. Und trotz allem ja auch manchmal süß. Mit ihrem wilden Lockenkopf und den kleinen Händen, die überall herumpatschen und von denen ich manchmal nicht genug kriegen kann. Dann muss ich sie streicheln und küssen und halten. Dass ich auch mal klein war und solche Hände hatte. Verrückt finde ich das.

Weniger verrückt finde ich, wenn Mama und Papa vor lauter Marie ganz vergessen, dass ich auch noch da bin. Ich falle ihnen höchstens dann ein, wenn sie gerade wieder mal eine zum Ausmeckern brauchen. Und zum Auf-Marie-Aufpassen natürlich. Oder zum Einkaufen und Spülen und Fegen und Nasse-Handtücher-Aufhängen. In Ausnahmefällen fahren sie sogar kurz mal eine Runde Fahrrad mit mir oder wir schwimmen zusammen ein Stück raus.

Dabei bin ich gar nicht immer versessen darauf. Manchmal finde ich es auch schön, gar nichts zu tun. Am Strand in der Sonne zu liegen, zum Beispiel, alle viere von mir gestreckt, und in den Himmel zu gucken, in diesen weiten, knallblauen Himmel.

Wenn man lange genug hineinguckt, fängt das Blau an zu verschwimmen. Und man selbst mit den Gedanken irgendwie auch. Still muss es dort oben sein, so lange kein Flugzeug kommt und die Stille stört. Ich würde gern durch dieses Blau schweben. Oder einen Stern für mich haben, auf dem ich sitzen und ins ganze Weltall gucken kann, ohne etwas hören zu müssen von dem Getümmel ringsum.

Der Strand ist voller Menschen. Ich richte mich auf, blinzle über sie hinweg aufs Wasser hinaus. Surfer sind unterwegs. Segelboote. Und ich wünschte, Papa und Mama wären, wenn sie es mir selbst schon nicht beibringen können, wenigstens so nett und erlaubten mir einen Kurs. Aber die beiden finden natürlich wieder mal, dass es zu gefährlich ist und ich noch etwas warten soll. Ein oder zwei Jahre, damit ich nicht versehentlich noch ertrinke. Warum, frage ich mich, habe ich dann überhaupt schwimmen gelernt? Und warum soll ich ewig auf alles warten? Und mich damit begnügen, dass ich jung bin und das Leben ja noch vor mir habe. Möchte nur mal wissen, was dann das sein soll, was gerade abläuft. Ich meine, lebe ich jetzt etwa nicht? Manchmal weiß ich es nicht. Und ich frage mich, wer Papa und Mama erlaubt hat, über mich zu bestimmen, obwohl sie vieles gar nicht verstehen.

Wenn ich darüber nachdenke, kriege ich wirklich die Wut. Auch auf meine kleine Schwester Marie, die gerade unter dem Sonnenschirm liegt und schläft und mit ihren glühenden Backen ganz unschuldig aussieht. Aber ich muss nur lange genug hingucken, dann geht die Wut wieder weg, weil Marie eben noch klein ist und ich sie wieder küssen könnte. Jetzt, wo sie schläft. Abgesehen davon ist die Ruhe, die gerade auf unseren Strandlaken eingekehrt ist, auch mal nicht schlecht.

Mama ist ganz vertieft in ihr Buch, das spannend sein muss, denn sie kaut, während sie liest, ununterbrochen auf ihrer Lippe. Und Papa liegt vorübergehend ohne Gesicht da, hat es mit einer Zeitschrift bedeckt, um eines seiner geliebten Kurzschläfchen zu halten.

Ich rappel mich auf, will noch mal zu den Felsen, weil Juliette vielleicht doch noch nicht abgereist ist. Könnte ja sein, dass ich mich verguckt habe oder dass es sonst jemanden gibt, der Krebse sucht und mit dem ich etwas anfangen kann. Möglicherweise ja sogar reden.

»Was hast du vor?«, höre ich Papas schläfrige Stimme unter der Zeitschrift und meine knappe Antwort – »Mal sehen.« – genügt ihm zum Glück.

Ich atme tief durch. Fühle die Brise, als ich am Wasser entlanggehe, als ich Spuren im Sand hinterlasse, die das Wasser bald wieder fortgespült hat.

Viele Bikinis und Badehosen gibt es zu sehen und immer gleich weggucken schaffe ich nicht, obwohl manchmal nackter Busen daliegt. Ich habe ja auch einen, den ich morgens vor dem Spiegel heimlich betrachte. Aber am Strand in die Sonne halten würde ich ihn nicht, so dass jeder, der will, draufgucken kann.

Auf einem großen Badetuch entdecke ich zwei Jungen, die ungefähr so alt sind wie ich. Sie spielen Schach und ich beneide sie, dass sie zu zweit sind und überhaupt jemanden zum Schach spielen haben, denn Schach spiele ich auch, nur nicht allein.

Eben will ich den Blick wieder abwenden, da hebt der eine von ihnen den Kopf und sieht mir gerade heraus ins Gesicht.

Schnell gucke ich weg, aufs Wasser hinaus zu den Surfern und Segelbooten und Schwimmern. Und ich laufe über den festen Sand und durchs Wasser, laufe, lasse meine Füße umspülen und klettere schließlich über die Felsen, entdecke von Juliette keine Spur. Wie sollte ich auch, wenn sie doch abgereist ist?

Der Felsen unter den nackten Füßen ist scharf. Vorsichtig bewege ich mich. Sitze irgendwann da und wünschte, es könnte gestern sein, auch wenn Juliette Französin war und es mit dem Reden nicht gerade geklappt hat. Dafür wenigstens mit dem Krebssuchen und Klettern.

Ob die beiden Schach spielenden Jungen auch Franzosen sind? Solche wie sie könnte ich mir schon vorstellen als Brüder. Wenn ich nicht ich wäre, sondern eine andere. Eine, die schöner heißt. Und die schöner aussieht und auch keine kleine Schwester dabei hat, auf die sie immer aufpassen muss und der sie trotzdem nie lange böse sein kann.

Wenn ich nicht ich wäre, sondern eine andere, wäre ich vielleicht sogar ohne meine Eltern und Brüder hierher gekommen, nur ich allein. Weil Paris zu weit weg ist vom Meer, das so groß ist und schön.

Wenn man davor sitzt und auf das glitzernde Wasser guckt, auf das Schaukeln der Wellen, wenn man hört, was für Geräusche es macht, wird man irgendwie still und kann alles rings um sich vergessen. Ich jedenfalls kann es. Und mir beinahe vorstellen, ich wäre Juliette aus Paris. Hätte eine blonde Mähne, fast bis zum Po. Wäre braun gebrannt und müsste an Tom nicht mehr denken. Nie mehr. Weil ich Tom gar nicht erst begegnet wäre in meinem fernen Paris. Auch Moni nicht, die meine Freundin war und nun nicht mehr ist. Nicht den geringsten Gedanken müsste ich an sie verschwenden. An sie nicht und an Tom und daran, dass ich von ihnen nichts mehr wissen will und es mir egal ist, wer mit wem geht. Und wer wen neuerdings küsst.

Ich mag diese Küsserei sowieso nicht gern. Jedenfalls nicht mit Tom. Und als Juliette oder Lucie interessiert es mich ja auch nicht, weil ich doch nicht einmal weiß, wer dieser Tom überhaupt ist und dass es ihn gibt. Als Juliette oder Lucie kann ich auf diesen Felsen sitzen, so lange ich will, und muss an niemanden denken, weil ich ganz allein bin, auch ohne meine Eltern und Brüder und Schwestern.

Das Schaukeln der Wellen vor mir trägt mich beinahe davon. Ich schließe die Augen, lege den Kopf zurück, fühle immer noch die Brise auf meiner Haut und schmecke das Salz. Sitze eine halbe Ewigkeit so da und kann nichts gegen die Traurigkeit tun, die in mir hochsteigt und nicht gleich wieder geht, obwohl ich am Meer sitze, über das die Gedanken wandern, und ich mich frage, warum das alles überhaupt ist, das Leben, und ob es gut ist, wenn man es schwer hat, und ob man besser nicht an die denkt, denen es noch schlechter geht? Ob es einen Gott gibt, der guckt, wie man es macht? Ob dieser Gott unendlich weit sieht und gleichzeitig alles, und wie viele Augen er dann wohl hat?

Vom Wasser weg geht mein Blick schließlich wieder über die vielen Halbnackten, über die Bikinis und Badehosen und Sandburgen auf der Suche nach einem Gesicht, in das ich heute schon gesehen habe, wenn auch nur kurz.

Natürlich entdecke ich es von meinem Felsen aus nicht und so laufe ich wenig später am Wasser entlang wieder zurück, gebe mir Mühe, mir den Hals nicht zu verrenken, auch wenn ich zugeben muss, dass ich gern wüsste, wie es beim Schachspiel inzwischen wohl steht, und ich mich frage, ob ich nicht einfach mal hingehen und zugucken soll.

Ich finde nicht gleich eine Antwort, gehe und gehe und als ich mich beinahe entschieden habe, höre ich plötzlich eine vertraute Stimme an meinem Ohr. »Wo warst du so lange?«, fragt diese Stimme, die eindeutig zu Mama gehört. »Hast du vergessen, dass wir noch in den Supermarkt wollen?«

Ich fasse es nicht. Wieso stehe ich plötzlich vor ihr, obwohl ich es nicht im Geringsten wollte und nun nicht wieder wegkomme, weil Papa und Mama sich diesen Großeinkauf in den Kopf gesetzt haben und die anschließende Besichtigung eines Ortes, den man sich nicht entgehen lassen darf, wie sie behaupten, wenn man schon in dieser Gegend ist.

Bevor ich protestiere, werde ich mit Badetüchern, einem Riesenkrokodil, Eimern, Gießkannen und Schaufeln meiner kleinen Schwester beladen, die ich, weil sie ja noch klein ist und immer so süß, für sie wieder mal nach Hause zurückschleppen darf.

Ich könnte heulen und alles auf den Boden schmeißen. Alles einschließlich mich selbst. Aber ich schleppe den Krempel und sage kein Wort. Auch nicht, als wir schließlich im Supermarkt sind und später in einem Ort, in dem es heiß ist und wo ich mich frage, was an einem Marktplatz mit Palmen und einem kleinen Marmorbrunnen dazwischen denn eigentlich so Besonderes sein soll.

»Kathrin!«, sagt Mama vorwurfsvoll. »Wie wäre es mit einem anderen Gesicht?«

Ich ziehe eine Grimasse. »Gefällt dir das besser?«

Wie von selbst wird mein Gesicht wieder lang. Und nicht gerade erfreut. Aber was soll ich tun? Den anderen eine Laune vorgaukeln, die ich zufällig nicht habe?

Das Eis, das Papa uns vorschlägt, kann meine Stimmung nicht bessern und ich winke ab. »Wenn ich Eis esse«, murmele ich nur, »wird mir garantiert schlecht.«

Mama ist bald so weit, dass sie platzt, das sehe ich schon. Trotzdem bleibt mein Gesicht lang und viel zu sagen fällt mir nicht ein. Bis ich über den Marktplatz hinweg plötzlich jemanden entdecke, der mich in diesem Moment ebenfalls entdeckt, weil er sich nicht mehr am Strand befindet und Schach spielen darf, sondern durch den selben Ort gezwungen wird wie ich auch.

Mein Herz schlägt ein bisschen schneller, als wir schließlich nebeneinander vor einem kleinen Weinladen stehen, und ich kann nicht mal etwas dafür. Denn ich bin nur Mama und Papa gefolgt, die unbedingt hierher wollten, weiß ja nicht mal, ob ich weg- oder hingucken soll. Der Zweite von ihnen, der Bruder, ist nicht mit dabei, aber einer reicht vollkommen aus. Erst recht dann, wenn er mich anlacht und sagt: »Hast wohl auch dein Familienprogramm?«

Meine Achseln zucken und ich muss beinahe lachen. Aber nur beinahe. Schaffe schließlich ein Grinsen, das ja auch schon was ist und besser als nichts.

»Am Strand«, sagt der Junge und grinst nun wie ich, »ist es abends am schönsten. Komm du doch auch!«

»Mal sehen«, kriege ich gerade noch raus. Dann folge ich Mama und Papa durch enge Gässchen, lasse mich in einem Café sogar zu einer Cola breitschlagen und zeige Mama die Frau mit dem Hut, die aussieht, als käme sie von einem anderen Stern.

Mama nickt. Und für einen kurzen Augenblick sieht es so aus, als könnten wir doch noch Krach kriegen, wir zwei. Ausgerechnet jetzt, wo mein Gesicht nicht mehr ganz so lang ist, um nicht zu sagen, beinahe kurz, und ich ja auch angefangen habe, wieder etwas wie einen Satz von mir zu geben.

»Mach uns den Nachmittag nicht noch mal so mies«, sagt Mama ein wenig müde und seufzt.

Ich seufze auch.

Bis Marie mich an die Hand nimmt und vom Stuhl wegzieht, weil sie mir einen toten Käfer zeigen will.

Auf dem Rückweg zu unserem Ferienhaus ist zum Glück alles wieder normal. Und ich kümmere mich darum, den Salat für das Abendessen zu waschen.

Dann wird es schwer. Weil ich selbst noch nicht weiß, wie ich es machen soll. Das mit dem Abend am Strand und dem Fragen, ob und wie lange ich darf. Weil ich doch gar nicht weiß, wie es dort überhaupt ist. Und ob der Schach spielende Junge mir nicht vielleicht sogar Blödsinn erzählt hat und ich überhaupt hingehen will?

Wäre ich Juliette, wüsste ich es vielleicht. Ich meine, dann würde ich gehen. Wäre vielleicht ja schon dort, weil ich allein unterwegs wäre, ohne meine Eltern und sonst irgendwen. Säße bei den Felsen und müsste auch niemanden fragen, ob er es erlaubt.

Der Salat schmeckt eigentlich gut. Als die Schüssel fast leer ist, bin ich endlich so weit. Schiebe mir ein letztes Stück Brot in den Mund und erkläre, als wäre es die unwichtigste Sache der Welt, dass ich nachher noch mal weg will, weil mich einer gefragt hat und ich doch dann muss.

»Wie bitte?«, fragt Papa und Mama sagt: »Wer?«

»Na ja.« Mein Herz klopft schon wieder und ich gebe mir Mühe, mein Gesicht nicht wieder lang werden zu lassen, auch wenn ich an Juliette denken muss, für die alles viel einfacher ist, weil sie niemanden hat, dem sie falsche Antworten geben kann.

Ich hole tief Luft und dann erkläre ich es ihnen, so gut ich nur kann, und denke, ein Wunder geschieht, weil zuerst Mama, dann Papa einsieht, dass es nicht anders geht und ich ja wohl hin muss zum Strand.

»Wie lange?« Ich frage nicht laut, dafür aber schnell. Die Antwort lässt einen Augenblick auf sich warten, aber schließlich kriege ich sie und denke, dass sie für den Anfang schon reicht, und alles andere werden wir sehen.

In Jeans und Lieblings-T-Shirt mache ich mich schließlich auf den Weg. Höre die heulende Marie noch und bin froh, dass ich sie heute nicht mehr trösten muss. Das müssen Papa und Mama auch mal ohne mich hinkriegen, denn heute kümmere ich mich nur noch um mich. Um mich und den Strand und was abends so gut daran ist.

Wie leer es inzwischen geworden ist. Die vielen Bikinis und Badehosen sind weg und nackte Busen gibt es auch nicht mehr zu sehen.

Ich gehe bis ans Wasser und bleibe einen Augenblick stehen. Müde geworden vom Tag, so schlägt es jetzt leise an Land. Ein wenig dunstig liegt der Himmel darüber. Nicht mehr knallblau.

Außer mir gibt es nur noch ein paar vereinzelte Spaziergänger. Und der Schach spielende Junge, dessen Namen ich nicht einmal weiß? Und sein Bruder und überhaupt die anderen, von denen ich nicht sagen könnte, wer sie überhaupt sind und ob es sie gibt?

Auf einmal komme ich mir blöd vor und ziemlich allein. Habe mich heute Nachmittag vor dem Laden vielleicht auch verhört.

Eine Muschel liegt vor mir im Sand, die hebe ich auf, betrachte sie und schiebe sie in meine Hosentasche. Vielleicht bringt sie mir zur Abwechslung Glück.

Ich schlendere am Wasser entlang und lasse mir Zeit, kann nichts dagegen tun, dass Tom auf einmal wieder in meinem Kopf ist und Moni, die ich kenne, weil sie meine Freundin gewesen ist und nie mehr sein wird. So wie Tom nicht mehr mein Freund. Aber das interessiert den Kopf im Moment leider nicht. Der denkt nur, was er denkt, und Tom und Moni kommen in ihm leider vor und machen ihn traurig, weil sie Arm in Arm gehen und der Kopf das Bild noch immer nicht vergessen kann, das die Augen gesehen haben, weil sie alles sehen, was ihre Bahn kreuzt, ob sie das wollen oder nicht.

Jetzt wollen sie gern. Denn was in ihr Blickfeld gerät, macht den Kopf gleich wieder froh, so froh, dass die Gedanken anfangen zu springen und ich mir sage, dass ich den Schach spielenden Jungen, den ich weit hinten zwischen anderen im Sand sitzen sehe, nach seinem Namen fragen muss.

Ich steuere auf sie zu, mit meinen Händen in den Hosentaschen, fühle mein klopfendes Herz, obwohl doch nichts Besonderes dabei ist, wenn man sich trifft.

Der Schach spielende Junge winkt, als er mich bemerkt, und ich setze mich neben ihn und höre mich sagen: »Ich bin Juliette und dachte, ich seh mal, was hier so läuft.«

Die anderen nicken, auch der Schach spielende Junge, von dem ich schließlich erfahre, dass er Florian heißt und aus Deutschland kommt so wie ich. Und wie sein Bruder und noch ein paar andere. Aber auch Holländer sitzen dabei, Schweizer, Dänen, Franzosen und eine Österreicherin, die Katja heißt.

»So ähnlich wie ich«, will ich schon sagen, merke es aber zum Glück im letzten Moment. Juliette, denke ich, ich heiße Juliette und ich bin es, auch wenn ich aus Deutschland komme und nicht aus Paris.

Die Dämmerung verwandelt den Tag allmählich in Nacht. Alles wird undeutlich und auch die Farben sieht man kaum noch. Dafür hört man das Meer. Und man riecht es, riecht den Sommer darin und den Süden.

Dann ist die Dunkelheit da und mit ihr stehen auch die ersten Sterne am Himmel. Wir sitzen mit brennenden Kerzen im Sand und die Luft ist warm und ganz weich. Französische Worte höre ich, englische, deutsche, und auch ich sage etwas und höre mich lachen, denn es ist schön hier, so anders und irgendwie leicht. Einer erzählt einen Witz. Es gibt Cola und Chips. Und dann kommt noch einer mit einer Gitarre und spielt und ich will gar nicht daran denken, dass ich ja auch wieder in unser Ferienhaus zurück muss.

Ein paar gehen irgendwann schwimmen. Ich mache es nicht, denn ich bin nicht sicher, ob ich es darf, so im Dunkeln, und außerdem habe ich gar keine Schwimmsachen dabei und Florian lässt es schließlich auch sein.

Immer noch sitzt er neben mir, irgendwann liege ich halb, gucke in das Sternenmeer über uns und Florian fragt: »Erkennst du den Großen Wagen?«

Wir suchen die einzelnen Sterne vom Großen Wagen zusammen und ich erkenne ihn, kenne ihn längst, aber es ist schön so. Und wie viele Sterne man dort oben jetzt sieht, unendlich viele, die meisten so unerreichbar weit weg und doch da, blinkend und still.

»Heißt du wirklich Juliette?«, fragt Florian mich schließlich und ich schrecke zusammen, fühle, wie mein Gesicht glüht, während Florian fortfährt: »Juliette passt gar nicht zu dir.«

»Ja, ja.« Ich richte mich wieder auf. »Seinen Namen kann man sich ja nicht aussuchen«, sage ich und frage mich plötzlich, was an Juliette überhaupt so Besonderes ist.

Florian neben mir seufzt. »Ich hätte auch lieber einen andern gehabt.« Er lacht. Und ich lache auch und er erzählt mir von seiner Stadt, in der er wohnt, zusammen mit seinem Bruder und seinen Eltern, und dass er, sobald er kann, weg will von dort. Irgendwohin, vielleicht ans Meer. Oder in die Berge oder in ein ganz anderes Land, jedenfalls frei sein und hingehen, wohin es ihm gerade gefällt oder wo er was tun kann für Menschen, denen es schlecht geht, noch schlechter als ihm.

Wir sitzen still nebeneinander, hören dem Lachen und Singen der anderen zu und auf einmal sind mir auch die blonde Mähne und das fröhlichere Gesicht, das ich mir immer gewünscht habe, egal, fast bin ich froh, dass ich es nicht habe, weil ich sonst vielleicht gar nicht hier säße, sondern anderswo, aber hier, hier an diesem Ort unter dem Nachthimmel möchte ich sein und von mir aus auch eine kleine Schwester haben, die Marie heißt und auf die ich hin und wieder aufpassen muss, zum Glück aber nicht jetzt. Jetzt, wo ich hier sitzen und mit Florian reden kann, der auch lieber einen anderen Namen gehabt hätte und später woanders hin will, dabei finde ich Florian schön.

»Du hast Recht«, sage ich schließlich, »Juliette passt nicht zu mir. Und eigentlich bin ich es ja auch nicht.« Ich muss schlucken und füge eilig hinzu: »Ich heiße Kathrin, aber was soll's.«

Florian lacht weder über mich noch über meine Lüge, die eine kleine Notlüge war, Florian sitzt einfach da, nickt und sagt: »Wenn du willst, können wir ja mal Schach spielen, morgen am Strand.«

Ich will. Und weil mir in diesem Augenblick wieder einfällt, dass ich zum Ferienhaus zurück muss, sage ich schnell: »Mal sehen.« Schon stehe ich wieder, klopfe mir den Sand von der Jeans und Florian grinst, bevor ich mich umdrehe, und er fragt: »Gehst du allein oder soll dich einer bringen?«

»Allein«, sage ich nur und grinse jetzt auch. Grinse, wie ich schon lange nicht mehr gegrinst haben kann. Und der Sand unter den Füßen kommt mir, als ich über ihn hinwegfliege, so leicht vor und weich wie noch nie.

Mama und Papa wollen einiges wissen, als ich zurückkehre, aber sie erfahren nicht viel. Außer, dass ich Sterne gesehen habe und ein paar andere in meinem Alter und dass es dunkel war und Kerzen und Chips und Gitarrenmusik für alle gab.

Dann liege ich da, wälze mich unter meinem dünnen

Laken und schlafe nicht ein. Im Zimmer steht noch die Hitze vom Tag. Und die Gedanken kreisen in meinem Kopf, tanzen darin wie kleine Mücken.

Wie anders alles auf einmal ist. Trotz des Namens, der wieder mein eigener ist, denn es stimmt, Juliette passt gar nicht zu mir. Wenn, dann schon Kathrin, auch wenn man ihn sich nicht selbst aussuchen kann. Kathrin. Ich schließe die Augen und sie öffnen sich ganz wie von selbst. Kathrin und Florian. Jedenfalls freue ich mich schon auf Schach. Und darauf, einfach neben ihm zu sitzen im Sand. Und nicht mehr traurig zu sein, weil ich lieber woanders wäre, denn am liebsten bin ich jetzt hier. Am Meer und in dieser Nacht, die mich nicht schlafen lässt, weil alles in mir so aufgeregt ist. Fast tut es weh, aber schön weh, und auf einmal kann ich nicht anders als an seinen Mund denken, aber er sieht es ja nicht. Niemand sieht es, selbst ich nicht, weil ich mich sonst vielleicht nicht traute. Bei Tom jedenfalls war nichts mit einem Kuss, außer einmal, als ich gar nicht wollte, und auf einmal bin ich froh, denn mit Tom wäre alles vielleicht ganz anders geworden und ich läge nicht mitten in der Nacht wach in meinem Bett und würde mich auch aufs Schachspiel nicht freuen. Obwohl ich gern spiele. Und es gut kann. Florian wird sich auf einiges gefasst machen müssen und vielleicht hat er ja Lust, nach dem Spiel mit mir zu den Felsen zu gehen. Wenn ich nicht wieder auf Marie aufpassen muss, aber mein Kind ist Marie ja wohl nicht. Wenn schon, dann meine kleine Schwester, und das werde ich Mama und Papa auch noch mal sagen. Ohne langes Gesicht. Weil ich froh bin, hierher gekommen zu sein. Mit Mama und

Papa und von mir aus auch mit meiner kleinen Schwester Marie. Wenn sie erst einsehen, dass ich hin und wieder mal zu den Felsen muss. Oder Schach spielen und abends zum Strand. Abends ist es wirklich am besten. Abends, wenn es still geworden ist am Meer und ganz dunkel und man so viele Sterne über sich sieht. Und wenn man neben sich einen sitzen oder halb liegen hat, der den Großen Wagen auch kennt und weg will, irgendwann, und der Florian heißt und nett ist und einen Mund hat, der einem gefällt und an den man denken muss, dann, wenn keiner es sieht, und den man plötzlich nah bei sich fühlt, so wie die Arme und überhaupt alles, auch die Gedanken, und der alles anders macht, schon allein diese Nacht, und morgen vielleicht auch den Tag.

Brigitte Schär

Die Entdeckung

David kann nicht mehr schlafen. Es ist zu heiß in dieser Hochsommernacht. Also steht er im Dunkeln auf und zieht den Rollladen hoch. Es ist eine sternenklare Nacht. Der Mond ist nicht zu sehen. Dafür aber stehen umso schöner, größer und leuchtender die Sterne am Himmel. Unglaublich schön. David erkennt den kleinen Wagen. Den großen Wagen. Dort ist der Polarstern. So intensiv hat David den Sternenhimmel noch nie wahrgenommen. Er kommt ihm vor wie ein Wunder.

Eigentlich schade, denkt David, dass er dieses Wunder meistens verschläft. Aber es geht nun mal nicht anders, denn abends ist er müde vom langen anstrengenden Tag in der Schule. Vom frühen Aufstehen, von den vielen Unterrichtsstunden, vom Zusammensein mit den anderen Schülern, vom Mithelfen im Haushalt und vom Hausaufgaben machen.

Wie er nun aber am offenen Fenster steht, ist er plötzlich hellwach, obwohl er bereits tief geschlafen hat. Etwas hat ihn geweckt. David weiß nicht, was es gewesen sein könnte. Ein Insekt? Die Hitze? Ein Problem kann es nicht gewesen sein. Nein, im Moment geht es ihm eigentlich gut. Nichts beschäftigt ihn so, dass er deswegen nicht schlafen könnte. Er hat mit niemandem

Schwierigkeiten. Außer mit seiner Mutter. Aber daran hat er sich gewöhnt.

Und doch, wie David da am offenen Fenster steht und in den sternenklaren Himmel hinaufschaut, wird ihm immer seltsamer zu Mute. Als würde sich in ihm etwas zusammenbrauen, kommt es ihm vor. Als würde ihm plötzlich doch etwas fehlen. Als würde er etwas vermissen. Dabei vermisst er doch nichts.

Nein, David kann so nicht mehr ins Bett zurück. Unmöglich, jetzt an Schlaf zu denken, hellwach wie er ist. Es fühlt sich an, als hätte jemand in seinem Innern eine besonders helle Lampe angezündet.

David muss etwas anziehen und aus dem Fenster steigen. Draußen ist es lange nicht so heiß wie drinnen in seinem Zimmer. Er muss sich im Garten ins Gras legen und weiter in den Himmel schauen.

David kann die Sterne nicht aus den Augen lassen. Eine Sternschnuppe fällt. Ein leuchtender Punkt bewegt sich horizontal. Vermutlich ein Satellit oder ein Flugzeug. Und dann entdeckt David eine sonderbar dichte Ansammlung von Sternen in der Form eines … Mädchens. Ja, wirklich, die Sterne bilden alle zusammen ein Mädchen. David kann das Mädchen ganz klar und deutlich am Himmel erkennen.

David hat noch nie von einem Sternbild gehört, das die Form eines Mädchens hat. Eines leuchtenden, strahlenden Mädchens.

»Ich glaub, ich spinn«, denkt David. Und doch ist dieses neue Sternbild da. Da kann er die Augen so oft zukneifen und wieder öffnen, wie er will. Das Mädchen bleibt am Himmel.

Irgendwann erwacht David wieder. Es dämmert bereits. Vögel pfeifen und er liegt noch immer im Gras.

David braucht gar nicht erst in einem Buch über Sternbilder nachzusehen, ob es wohl eines gibt, das die Form eines Mädchens hat. Er weiß, dass es das nicht gibt. Und gleichzeitig weiß er mit Gewissheit, dass er in der letzten Nacht ein Mädchen am Himmel gesehen hat.

Ausgerechnet ein Mädchen! Mit Mädchen kann er nicht viel anfangen. Andere in seiner Klasse schon.

Den ganzen Tag über ist David benommen. Das, was sich in der Nacht in ihm zusammengebraut hat, ist noch immer in ihm drin. Es lenkt ihn vom Unterricht ab. Der Lehrer weist ihn zum dritten Mal zurecht, weil er Fragen nicht hört und keine oder nur unbrauchbare Antworten gibt. Dabei hat David sich gut vorbereitet und wie immer alle Hausaufgaben gemacht.

Dass der Streber auch mal zurechtgewiesen wird, gefällt den andern. Sie tuscheln über ihn. Und kichern albern.

»Was ist auf einmal los mit dir, David?«, will der Lehrer wissen. »Bist du mit dem falschen Bein aufgestanden. Oder bist du schon in den Ferien? Für uns andere beginnen die Ferien jedenfalls erst nächste Woche.«

Sehr witzig. David weiß doch auch nicht, was auf einmal in ihn gefahren ist. Etwas ist anders als sonst. Sehr anders.

Irgendwie bringt David den Schultag hinter sich und geht dann auf direktem Weg nach Hause.

Selbst seiner Mutter kommt David heute seltsam vor. Sie legt ihm die Hand an die Stirn.

»Lass das!«, sagt David unwillig. Er will jetzt keine Mamahand auf seiner Stirn.

Nein, er will auch keinen Kakao. Er ist doch kein Kleinkind mehr. Ins Bett? Bestimmt nicht! Es ist doch noch heller Tag. Mama trifft heute den Ton überhaupt nicht bei ihrem Sohn. Lauter Missklänge.

David verzieht sich in den Garten unter einen Baum und versucht, sich auf die Schularbeiten zu konzentrieren. Mathe erledigt er normalerweise schnell. Doch heute klebt er an der ersten Aufgabe fest, als gäbe es da dicken Leim.

»Bist du verliebt?«, fragt seine Mutter beim Abendbrot.

David zuckt innerlich zusammen, aber er schweigt.

»Geh ins Bett. Vielleicht bist du ja wirklich krank.«

Etwas Gutes hat dieser seltsame Zustand immerhin: Die Hausarbeit wird ihm erlassen. Er muss ausnahmsweise nicht abtrocknen und kann sich nach dem Abendbrot gleich in sein Zimmer zurückziehen.

David startet den Computer. Im Internet findet er viel über Sternbilder. Die Milchstraße. Das Universum. Nichts hingegen, wie er bereits vermutet hat, über ein Sternbild in Form eines Mädchens.

Vielleicht, denkt David plötzlich, hat er ja ein neues Sternbild entdeckt. In diesem Fall muss er seine Entdeckung irgendwie festhalten und über sie Buch führen. Er nimmt die Spiegelreflexkamera, die ihm sein Vater hinterlassen hat, prüft, ob ein Film drin ist, und baut schon mal das Stativ auf.

Dann versucht er, das Sternbild aus der Erinnerung zu zeichnen.

Die Hausaufgaben schafft er beim besten Willen nicht. Dazu bräuchte er seinen Kopf. Doch der will heute nicht. So liegt David bloß stundenlang auf dem Bett und wartet, dass es Nacht wird. Er bringt es fertig, wach zu bleiben. Nach Mitternacht steht er auf. Er steigt aus dem Fenster, schraubt die Kamera aufs Stativ und macht sie bereit. Er weiß, wie er im Dunkeln mit der Kamera umgehen muss. Das hat ihm sein Vater gezeigt, als er noch lebte. Sie sind auch mal eine Nacht wach geblieben und haben die nächtliche Landschaft fotografiert. Mit Langzeitbelichtung. Sein Vater ist Hobbyfotograf gewesen.

David denkt jetzt, als er durch den Sucher der Kamera blickt, ganz fest an seinen Vater. Er vermisst ihn, seit er nicht mehr da ist, jeden Tag, immer und ganz besonders in diesem Moment. Es tut weh im Herzen. Ein bisschen zieht sich alles in David zusammen. Er möchte seinem Vater von seiner Entdeckung, dem neuen Sternbild, erzählen.

Während David durch den Sucher der Kamera schaut, richtet er das Objektiv auf den Himmel. Dann schaut er mit bloßem Auge. Der Sternenhimmel ist wieder atemberaubend schön. Und genauso deutlich und klar wie in der Nacht zuvor. David sucht den kleinen Wagen, um sich zu orientieren. Den sucht er immer zuerst. Dann den großen Wagen. Den Polarstern. Und da, David hält den Atem an, ja, da ist auch wieder das Sternbild des Mädchens. Auch das ganz deutlich und klar. Das strahlende Mädchen, aus vielen, hellen Sternen zusammengesetzt. David blickt durch den Sucher und sucht das neue Sternbild mit dem Kameraauge. Als er es findet, stellt er das Objektiv scharf und drückt ab. Einmal, zweimal, dreimal. Zehnmal. Immer wieder.

Dann legt er sich ins Gras, die Arme verschränkt unter dem Kopf, und muss die ganze Zeit das Sternbild ansehen. Seine Entdeckung. Er weiß genau, Vater würde stolz auf ihn sein.

Vielleicht ist er tatsächlich ein Streber, wie die andern sagen. Oder sogar sicher ist er ein Streber. Er will etwas erfahren und immer noch mehr herausfinden. Möglichst viel sogar. So wie jeder Forscher und jeder Entdecker nach Wissen und Erkenntnis strebt.

David hat in dieser Nacht vor lauter Streben gar keine Zeit zum Schlafen.

Und natürlich sind auch die Hausaufgaben noch nicht gemacht, als David am Morgen nach der durchwachten Nacht in die Schule geht. Leider entgeht es dem Lehrer nicht.

»Was ist denn mit dir jetzt wieder los?«, fragt er David gereizt vor der ganzen Klasse.

Was soll David darauf antworten? Außerdem ist es noch zu früh, von seiner Entdeckung zu berichten. Erst muss er die Fotos entwickeln.

»Morgen sind die Aufgaben gemacht«, sagt der Lehrer ernst. »Die, die ich heute aufgebe, und auch die, die noch ausstehen von gestern.«

David hat aber wieder keine Zeit, die Aufgaben zu machen. Beim besten Willen nicht. Wie könnte er jetzt Hausaufgaben machen? Er muss den Film entwickeln. In Vaters Dunkelkammer, die jetzt seine ist.

Während der Film trocknet, wird David immer aufgeregter. Und dann, als der Film trocken ist, sieht David sich endlich die Negative der Fotos an.

Die Negative sind leer. Blank.

Das gibt's doch nicht, denkt David. Es ist aber so. Und dabei hat David vor dem Trocknen des Films ganz deutlich gesehen, dass auf den Negativen etwas drauf war. Jetzt sind sie einfach leer. Lauter leere Negative.

Zuerst erschrickt David, dann wird er wütend. Er kann sich die Sache nicht erklären.

Es bleibt ihm nichts anderes übrig, als sich noch einmal eine Nacht lang wach zu halten, obwohl er jetzt, nach der großen Enttäuschung und zwei durchwachten Nächten, ziemlich müde ist.

»Ich geh schlafen«, sagt er zu seiner Mutter.

»Jetzt?«, wundert sie sich. »Also hör mal. Erst essen wir aber. Und dann sagst du mir, was mit dir los ist. Du kommst mir so verändert vor.«

»Ich glaube, ich bin doch krank!«, murmelt David.

Nein, essen kann er nicht. Und die Nähe seiner Mutter ertragen schon gar nicht.

In seinem Zimmer schaut David aus dem Fenster. In dieser Nacht wird es wohl nichts mit dem Fotografieren des neuen Sternbildes werden. Da sind überall dicke Wolken. Gleich wird es zu regnen beginnen, so wie es der Wetterbericht vorausgesagt hat. Und vermutlich wird sich die ganze Nacht über nichts an diesem Zustand ändern.

Missmutig und erschöpft legt David sich auf sein Bett.

Seine Mutter klopft an die Tür und kommt dann, obwohl er ihr nicht die Erlaubnis dazu gegeben hat, trotzdem in sein Zimmer. Sie stellt ihm Brote und ein Glas Schokoladenmilch neben das Bett.

»Willst du, dass wir reden?«, fragt sie.

David schüttelt den Kopf.

Da sieht seine Mutter die leeren Negative.

»Bist du deswegen frustriert?«, fragt sie. »Was hast du denn fotografiert?«

David kann nicht mehr schweigen. Er erzählt, dass er zwei Nächte lang im Garten war und in der zweiten Nacht Sterne fotografiert hat. Und dass er bestimmt alles richtig gemacht hat beim Fotografieren und beim Entwickeln des Films. So blöd ist er doch nicht.

»Was für Sterne hast du denn fotografiert?«, fragt seine Mutter und setzt sich auf die Bettkante.

»Ein neues Sternbild«, antwortet David widerwillig.

Und dann erzählt er sogar, dass das neue Sternbild die Form eines Mädchens hatte. Und die Mutter lacht nicht mal, sondern sieht ihn bloß sehr seltsam an.

»Was ist?«, fragt David, als seine Mutter noch immer schweigt und ihn nur weiterhin sehr sonderbar ansieht.

»Papa hat auch ein Sternbild fotografiert«, sagt sie dann leise. »Genau wie du. Kurz vor seinem Tod. Er war ganz aufgeregt. Und als er den Film entwickelte, war nichts drauf. Und drei Tage später …« ihre Stimme bebt, »… hatte er den Unfall.«

David setzt sich gerade und legt den Arm um seine Mutter, die nun weint.

»Du siehst deinem Vater so ähnlich«, schluchzt sie.

David rückt noch etwas näher an seine Mutter.

»Wir zwei«, sagt er.

»Ich vermisse Dieter so«, schluchzt Davids Mutter.

»Ich vermisse Papa auch ganz schrecklich«, sagt er.

Und wieder sitzen sie beide nur da und schweigen.

»Papa hat das Sternbild gezeichnet, weil das mit dem Fotografieren nicht geklappt hatte«, erinnert sich die Mutter plötzlich. »Warte mal!«

Sie steht auf und verlässt das Zimmer. Bald darauf kommt sie mit einem Blatt Papier in der Hand zurück.

»Das ist das Sternbild, das dein Vater entdeckt hat«, sagt sie.

David nimmt die Zeichnung und betrachtet sie.

»Nein«, sagt er dann. »So hat mein Sternbild nicht ausgesehen. Bei mir war es ein Mädchen, sagte ich doch schon. Was Papa da gezeichnet hat, ist ...«, David schaut die Zeichnung noch gründlicher an, »... ich weiß nicht ...«

»Ich weiß es auch nicht!«, sagt seine Mutter. »Er hat mir nicht gesagt, was er darin gesehen hat.«

David steht auf und geht zu seinem Schreibtisch. Er zeigt seiner Mutter die Zeichnung, die er von seinem Sternbild gemacht hat.

Seine Mutter betrachtet das Blatt.

»Siehst du das Mädchen?«, fragt David gespannt.

»Nein«, sagt sie. »Das sind nichts weiter als Punkte für mich. Wenn es aber für dich ein Mädchen ist, dann *ist* es ein Mädchen.«

David und seine Mutter sitzen jetzt wieder nebeneinander auf dem Bett.

»Stimmt«, sagt David, »ich kann jetzt auch kein Mädchen mehr drin erkennen. Die Zeichnung ist nicht gelungen. Aber das am Himmel, das war bestimmt ein Mädchen.«

David und seine Mutter verstehen sich auf einmal so gut wie schon lange nicht mehr. Auch ohne viele Worte. David isst und trinkt sogar, was ihm seine Mutter hingestellt hat.

»Schlaf gut«, sagt sie schließlich. Sie umarmt David noch einmal und verlässt dann das Zimmer.

Am nächsten Tag ist David ausgeruht. Weil er aber die Aufgaben schon wieder nicht gemacht hat, wagt er nicht zur Schule zu gehen. So bleibt er, mit der Erlaubnis seiner Mutter, zu Hause und macht alle noch ausstehenden Hausarbeiten. Er lässt sich von einem Schulkameraden telefonisch sogar die neuen Aufgaben von heute geben und erledigt auch die.

Am Abend fährt David, wie immer am Mittwochabend, mit dem Fahrrad zum Judo. Doch nicht auf direktem Weg, sondern er macht, wie so oft, einen Umweg zum Fluss und fährt den Uferweg entlang. Es gibt ein paar Angler und vor allem Leute mit Hunden.

David vergisst beinahe, was er vorhat. Dann aber fällt ihm das Judotraining wieder ein und auch die Schule. Ja, morgen wird er wieder hingehen, denkt er. Er hat keinen Grund, sich zu verstecken. Die zwei Tage bis zu den Ferien wird er schon durchstehen.

Er biegt links in einen kleinen Weg ein und fährt zwischen den Häusern durch zur Hauptstraße. Vor dem Eingang eines der Flusshäuser sieht er einen Umzugswagen stehen, aus dem ausgeladen wird.

»Sarah«, ruft eine Frau ungehalten ins Haus. »Hör auf zu telefonieren. Und hilf mit!«

David schaut auf die Uhr. Es ist schon spät. Wenn er noch rechtzeitig zum Judo kommen will, muss er sich beeilen.

Sarah, wiederholt er, während er kräftig in die Pedalen tritt und den Fahrradweg entlang saust. Zuerst den ganzen Weg zurück und dann Richtung Sportzentrum. Sarah, Sarah, ... im Rhythmus der Tretbewegung. Auch beim nach Hause fahren nach dem Training spukt der Name wieder in seinem Kopf herum wie der Refrain eines verschollenen Liedes.

»Weißt du nun eigentlich, was da schief gelaufen ist?«, fragt seine Mutter am Abend und deutet auf die unbrauchbaren Negative von Davids vergeblichem Versuch, das Sternbild zu fotografieren. »Hast du das Rätsel gelöst?«

»Nein«, sagt David. »Keine Ahnung, wie das passiert ist.«

Oder doch, denkt David später, als seine Mutter nicht mehr im Zimmer ist. Das Mädchen ist von den Negativen geschlichen, heißt Sarah und wohnt jetzt am Fluss.

Lassen Beiner

Schmetterlingssommer

Drei Bänke stehen, wurmzerfressen, an der zwei Kilometer langen bewaldeten Strecke zwischen Pustrau und Altziehsack. Auf die mittlere, auf halbem Wege, setzte ich mich, in Schweiß gebadet, und stopfte mir eine Pfeife.

Kleines Flattern auf dem Grünstreifen, mir direkt gegenüber, machte mich aufmerksam. Da war er ja wieder, dieser Schmetterling, der mich seit dem Seeschlösschen verfolgte und den ich in den letzten Minuten aus den Augen verloren hatte. Nun war das an sich vielleicht nichts Besonderes, die Luft wimmelte in diesem Sommer von Schmetterlingen: Zitronenfaltern, Tagpfauenaugen, Kleinen Füchsen, Weiß- und Bläulingen, Trauermänteln und Admirälen. Es war ein harter Winter gewesen, ohne Gefahr für die Puppen, in der Erde zu verfaulen, wie das in milden, feuchten Wintern leicht passiert. Also gab es einen farbsprühenden, gaukelnden Schmetterlingssommer von barocker Üppigkeit.

Mein Falter, der sich mir direkt gegenüber auf eine Brennnessel gesetzt hatte, war ein Tagpfauenauge. Dass ich ihn aber als Individuum wiedererkannte, lag an einer Beschädigung seiner Flügel. Am rechten unteren hatte er eine, gemessen an der Gesamtfläche, erhebliche

Einkerbung in der Form eines umgekehrten C. Die Verletzung war von solchem Ausmaß, dass man sich wunderte, wie das Tier überhaupt noch fliegen konnte.

Ruhig saß der Schmetterling da, mit ausgebreiteten Flügeln. Manchmal sieht man Faltern die Erregung an, haben sie die ihnen gemäße Blüte gefunden. Dieser hier aber schien kein weiteres Verlangen zu haben, als mich auf sich aufmerksam zu machen. Vier Augenflecken in sanfter Bewegung starrten mich an.

Nun gut, sagte ich mir, ist er dir bis hierher gefolgt, so will ich ihm jetzt meinerseits folgen, wohin er auch flattert. Im selben Moment flog er auch schon auf, in gemessener Bewegung, als nehme er Rücksicht auf die mir mögliche Geschwindigkeit, setzte sich hier und da auf eine Brennnessel, einen Beifuß und schien auf mich zu warten. Hatte ich seine Höhe erreicht, flog er auf, parallel zu meinem Weg, taumelte auch einige Male infolge seiner Behinderung.

Als wir an den kleinen, mit einem Blick überschaubaren Friedhof an der Bushaltestelle kamen, bog er links zu ihm ein. Ich mag Friedhöfe, schon wegen der Ruhe, die meist auf ihnen herrscht. Dieser aber wirkte so langweilig, dass man Mühe hatte, ihm das tiefgründige Leben eines Gottesackers zuzuschreiben. Eine öde Aneinanderreihung wohlgepflegter Gräber, säuberlich voneinander abgegrenzt, als seien die Eifersucht, der Neid und das Prestigedenken mit den Toten nicht erstorben. Überall Spuren von Harke und Schaufel.

Mein Schmetterling aber flog das einzige verwilderte Grab an, das dominiert wurde von einer Buddleia, im Volksmund auch Sommerflieder, Fliederspeer oder

Schmetterlingsstrauch genannt. War dieser Strauch auch noch klein, so verdeckte er doch schon zu einem guten Teil den Grabstein dahinter. Ich bog die Zweige zur Seite und las:

Martha Kieboltzke
geb. Schmandtke
geb. neunzehnhundertsoundso
gest. neunzehnhundertdannunddann

Der Name sagte mir nichts. Der Falter jedoch saß auf einer der Blüten, pumpte und pumpte und flog nicht einmal auf, als mein Schatten auf ihn fiel. Es mochte an der für Schmetterlinge so attraktiven Buddleia liegen. Ich dachte mir nichts weiter dabei und verließ den Friedhof.

Ich hatte Unterkunft gefunden im Bungalow einer Malerin. Sie malte Schmetterlingsflügel, aber nicht naturalistisch, sondern empfand die naturgegebenen Muster nach oder ließ sich von ihnen anregen. Sie malte gewissermaßen mit lichtgetränktem Pinsel.

Abends saß ich noch bei einem Schlummertrunk in der »Alten Fischerhütte«. Im Festsaal neben der Schankstube wurde lautstark eine Silberne Hochzeit gefeiert. Immer werden in den Dorfschänken Geburten, Taufen, Konfirmationen, Eheschließungen, Beförderungen oder Beerdigungen gefeiert. Bei solchen Gelegenheiten sonderte sich immer mal ein Gast, übersättigt von so viel Verwandtschaft und durch übermäßigen Alkoholgenuss kontaktfreudig nach außen geworden, ab und trat auf mich, den halb Fremden, aber oft Gesehenen, zu. Ein paar Stühle um mich herum waren immer frei, auf die er sich setzen konnte, und nie fiel ihm die Wahl schwer. Mit schwerer Zunge begann er dann meist, mir seine Lebensgeschichte zu erzählen. Ich bin nicht unbedingt in jeder Stimmung auf die Lebensgeschichten anderer aus, besonders dann nicht, wenn sie sich als trivial erweisen. Aber ich bin ein freundlicher Mensch und so hörte ich auch diesem heutigen, des Familienfestes überdrüssigen Zecher zu, als er mir, von mehreren Bierbestellungen unterbrochen, seine kleine Geschichte vortrug, und zwar, wie es Betrunkene zu tun pflegen, in endlosen Wiederholungen, als wollte er sich von etwas befreien.

Nachdem er sich als Mathias Kieboltzke vorgestellt hatte, erzählte er mir, er habe im Frühling durch einen tragischen Unfall seine Mutter verloren. Er könne das immer noch nicht verwinden. Bei dem Versuch, einen Schmetterling zu befreien, der sich in einem alten Spinnennetz im Birnbaum verfangen hatte, sei sie von der Leiter gestürzt und habe sich den Halswirbel gebrochen. Es falle ihm schwer zu glauben, dass eine so edle Tat einen solchen Lohn gefunden habe. An dieser Stelle rollte ihm sogar eine Träne über die Wange. Da seine Mutter Schmetterlinge über alles geliebt hatte, habe er ihr einen Sommerflieder aufs Grab gepflanzt und alle Falter der Umgebung gäben sich nun ein Stelldichein an ihrem Grab.

Sollte man annehmen, dachte ich, war mir aber sicher, am Nachmittag nur den einen einzigen verletzten Schmetterling am Grabe von Martha Kieboltzke gesehen zu haben.

Root Leeb

Sommerflirren

Ich liebe die Sonne. Und ich liebe das Gedicht von Ingeborg Bachmann über die Sonne. »Nichts Schönres unter der Sonne als unter der Sonne zu sein«, heißt es da. Und deswegen, weil ich die Sonne so liebe, gehe ich, wann immer ich kann, zu ihr nach draußen. Ich habe sogar schon Nachmittagsunterricht geschwänzt deshalb.

Tage, an denen sie scheint, aber ein kalter Wind weht, hasse ich. Ich fühle mich dann ruhelos, irgendwie zerrissen, außer mir, ich will nach draußen und gleichzeitig in der Wärme des Hauses bleiben. Natürlich könnte ich mich auch warm anziehen, aber das will ich in der Sonne nicht. Oft werde ich krank nach solch windigen Sonnentagen.

Auch Tage mit immer wieder auftauchenden hohen Wolken bei strahlendem Licht mag ich nicht. Unversehens, kaum dass die Sonne angefangen hat mich zu wärmen, drängen sie sich wie ein dunkler Vorhang dazwischen und lassen mich ihre Kälte spüren.

Nein, ich liebe die flirrend heißen, sonnengleißenden Sommertage.

Morgens ist es frisch, aber doch schon warm genug, um in kurzer Hose und barfuß aus dem Haus zu laufen.

Alles ist dann noch dunkelblau. »Schönes Blau, in dem die Pfauen spazieren und sich verneigen, …« Hat Ingeborg Bachmann sie gesehen? Später wird alles grün und gelb, bevor es gegen Abend zuerst rot und dann wieder blau wird. Das weiß ich von früher.

Wie ich sie genieße, die Sommersonnentage! Spätestens ab Mittag riecht es nur noch nach Hitze, nach heißer, trockener Erde und manchmal, je nachdem wo ich gerade bin, auch nach schwersüßem Duft von Rosen oder Oleander. Wenn ich dann mit geschlossenen Augen in der Sonne liege, denke ich, das ist das Paradies!

Ob im Paradies die Sonne scheint? Wenn nicht, kann ich darauf verzichten. Von milchig grauem Licht habe ich die Nase voll.

Manchmal lege ich mich bei Sonne einfach auf den Balkon. Aber auf Dauer ist es ein bisschen öde da, man riecht so wenig. Und man weiß nie, wer einen beobachtet.

Lieber gehe ich in den Park. In meinen Park. Er ist nicht weit entfernt und ich komme leicht alleine hin.

Gestern war ich wieder mal da. Nach dem Mittagessen. Es war genau die flirrende Hitze, die ich liebe. Auf der Straße schon der Geruch von heißem Asphalt und im Park nur Insektengesumm und das Gezirpe von Grillen unter den Bäumen.

Ich legte mich auf »meine« Wiese, ungefähr zwanzig Schritte vom Hauptweg entfernt, schloss die Augen und hörte in der Ferne das eintönige Brummen der Autos auf der Ringstraße. Ich wandte mein Gesicht direkt zur Sonne und fühlte mich selig.

Hatte ich vor mich hingemurmelt?

»Na, du Sonnenanbeterin.«

Galt das mir? Es war eine Männerstimme, klang ziemlich jung und ein bisschen heiser. Das Blut schoss mir in den Kopf. Ich fühlte mich ertappt. Er ließ sich neben mir im Gras nieder. Ich hielt die Augen geschlossen. Obwohl er das unter der dunklen Sonnenbrille sowieso nicht sehen konnte.

»Na, sag schon, du Schöne, was murmelst du da vor dich hin? Betest du?«

Ich presste die Lippen zusammen. »Stell dir vor, ich liebe Gedichte«, wollte ich sagen, aber es ging nicht. Plötzlich fühlte ich seine Hand auf meiner Stirn.

»Was ist denn mit dir?« Er strich mir vorsichtig die Haare nach hinten.

»Mensch, du bist ja glühend heiß! Du, vielleicht ist das ein bisschen zu viel Sonne für dich. Hoffentlich hast du keinen Sonnenstich.« Er war auf einmal ganz aufgeregt, klang besorgt, wie manchmal meine Mutter, wenn sie glaubt mir helfen zu müssen und nicht weiß wie.

»Komm, wir gehen lieber mal da drüben in den Schatten. Wie heißt du eigentlich?

»Tina«. War glatt gelogen. Aber ich konnte irgendwie nicht anders.

»Ich bin Paul.« Na, wie originell.

Wie eine Schlafwandlerin ging ich, von ihm geführt, in den Schatten einer Baumgruppe am Rand der Wiese. Waren wohl Ahornbäume, wenn ich mich recht erinnere, ich spürte auch die Samen zwischen meinen nackten Zehen.

»Ist es hier okay?«

Ich nickte. »Ja, danke«. Meine Stimme hörte sich ganz fremd an.

»Also, jetzt sag doch schon, was du da immer vor dich hinmurmelst.« Er machte eine kurze Pause, zögerte. »Ich hab dich nämlich schon ein paar mal hier gesehen, immer an der gleichen Stelle. Zuletzt vor zwei Tagen. Und du ... du wirkst immer so verträumt ...«

»Ich sonne mich hier. Und was machst du?«, fragte ich schnell.

»Ich arbeite da drüben im Altenheim.« Daher also der routinierte Helfergriff.

»Als Zivi. Nur noch drei Monate, dann mach ich erst mal eine Weile gar nichts. Vielleicht ein bisschen Geld verdienen für eine längere Reise. Und du, was machst du?«

»Ich geh noch zur Schule. Und danach weiß ich noch nicht.«

Ich verstand mich selbst nicht mehr. Saß hier im Schatten an einem super hellheißen Tag und stand einem fremden Typen Rede und Antwort.

»Sag mal, willst du nicht mal deine Brille abnehmen? Hier ist es doch gar nicht mehr so hell.«

Das hatte ich auch schon gemerkt. Aber ich wollte nicht.

»Nur kurz, ich will nur mal deine Augen sehen«, bettelte er.

Ich schüttelte langsam den Kopf.

»Schade«, sagte er. Und es klang ein bisschen enttäuscht.

»Ich muss auch leider schon weiter, mein Dienst fängt gleich an. Bist du morgen vielleicht wieder da?«

Ich nickte. Und fügte noch hinzu: »Wenn die Sonne scheint.«

»Na klar, bei Regen würdest du mir ja ganz schön Leid tun, hier im Park«, lachte er und stand auf. »Also tschüs dann.«

Ich blieb sitzen.

»Tschüs, vielleicht bis morgen«, sagte ich und legte mich auf den Rücken. Damit er nicht auf die Idee kam, mir die Hand zu geben.

Er drückte mir noch schnell die Schultern. »Pass auf dich auf, hörst du. Ich komme wieder.«

Und weg war er. Ich lag noch vielleicht eine halbe Stunde da, reglos, und dachte nach.

Dann ging ich langsam durch die Nachmittagssonne nach Hause. Irgendwie war ich glücklich.

Gestern regnete es zum Herzerweichen. Nach der Schule und den damit verbundenen Arbeiten legte ich mich aufs Bett und hörte Musik. Jede Melodie war unterlegt mit: »bei Regen würdest du mir ja ganz schön Leid tun ...« Passte auf nahezu jeden Rhythmus, der Satz.

Was, wenn jetzt eine der berüchtigten Regenperioden unserer Breitengrade einsetzte, fragte ich mich. Wir hatten zwar erst Ende Juni, aber es konnte doch durchaus sein, dass es jetzt drei Monate nicht mehr schön wurde. Und dann, dann war Paul mit seinem Zivildienst fertig und ging auf Reisen. Und vergaß mich. Spätestens dann.

Warum hatte ich bloß nicht meinen richtigen Namen gesagt. Natürlich ist Jasmin ein bescheuerter Name, aber jetzt denkt er womöglich, ich heiße Florentine. Vielleicht heißt er ja auch gar nicht Paul, sondern Gottfried – oder Eberhard. Ich musste lachen bei den vielen komischen Namen, die mir einfielen und die ich ihm einen nach dem anderen anprobierte.

Meine Mutter schaute kurz herein, fragte, ob alles in Ordnung sei und ob ich Extrawünsche für das Abendessen hätte. Habe ich eigentlich immer. Ich wünschte mir Thunfischsalat.

Und jetzt – ist heute. Und es regnet nicht. Aber es ist auch nicht sonnig. Kein Wetter zum Hinsetzen oder Hinlegen auf eine feuchte Wiese.

Aber spazieren gehen kann man. Und sich unterhalten.

»Na, da bist du ja wieder.«

»Ja, nicht ganz zufällig.«

»Wolltest du mich wiedersehen?«

»Nicht direkt. Aber deine Stimme hören.«

»Immerhin etwas.«

Schweigen.

»Sag mal, Tina, heute ist es doch ziemlich bewölkt, kannst du nicht jetzt mal kurz deine Sonnenbrille abnehmen, ich würde so gerne …«

»… mal meine Augen sehen.«

»Genau.«

»Will ich aber nicht.«

»Warum denn?«

»Weil – ich blind bin.«

»Oh.«

Schweigen.

»Weißt du, eigentlich macht das gar nichts, ich leihe dir dann eben meine Augen.« Er nimmt meine Hand und fügt ein bisschen unsicher hinzu: »Und vielleicht könntest du mit einem Blinden ja gar nicht glücklich werden … Wer würde dir dann sagen, dass du so verdammt schön aussiehst.«

»Und ich, was kann ich dir denn sagen?«

»Deine Gedichte. Ich kenne so wenig.«

Natürlich ist das alles viel zu schön, um wahr zu sein, oder?

Uwe-Michael Gutzschhahn

Engelbrücke

Er saß am Kopf der Brücke, den Rücken senkrecht gegen die Engelstatue gelehnt, die Beine im rechten Winkel auf der Steinmauer nach vorn gestreckt. Seit Tagen kehrte er immer wieder dorthin zurück. Er kam am Vormittag, mal früher, mal später, aber stets ehe die Glocken der Stadtkirche elfmal schlugen. Und er verließ seinen Platz erst bei einbrechender Dunkelheit, was im Juli bedeutete, dass er sich etwa zehn bis elf Stunden nicht von dem Engel entfernte.

Anfangs hatten die Leute, die an dem Platz vor der Brücke ihre Läden betrieben, das beruhigende Gefühl, er sei eine Art seliger Müßiggänger, ein verträumter Taugenichts, der glückselig die Wärme genoss. Mochte auch sein, dass er noch zur Schule ging, von seinem Alter her war das sogar wahrscheinlich. Doch selbst dagegen war nichts einzuwenden, denn es war Ferienzeit und wer wollte, durfte getrost den Sommer vertrödeln. Man machte sich keine weiteren Gedanken um ihn, fragte auch nicht, woher er komme. Es gab viele Touristen in der Stadt, wenn auch selten junge, die allein unterwegs waren wie er.

Mit der Zeit jedoch wunderte man sich, dass er den ganzen Tag weder zu essen noch zu trinken schien, nie etwas bei sich hatte, keine Tüte vom Bäcker oder Metzger mit belegten Semmeln, keine Dose Cola oder Bier wie die anderen Unbekannten, die an der Brücke Halt machten und die Wärme des Platzes genossen, während sie auf die sommerlich leuchtende Altstadt blickten.

Irritiert sahen die Leute durch die Glastüren ihrer Geschäfte, als der junge Mann auch an einem verregneten kühlen Tag auf der Brücke erschien. Nach einer Stunde musste er nass bis auf die Knochen sein. Doch er blieb stoisch gegen den steinernen Engel gelehnt sitzen. Die ihn beobachteten, fragten sich, ob er am nächsten Tag wiederkommen würde oder, restlos durchgefroren, mit Fieber im Bett lag, aber um elf Uhr war er von neuem auf der Brückenmauer bei dem Engel wie alle Tage zuvor. Doch diesmal schien es den Leuten, als wäre der Junge seit dem Regen schmächtiger geworden, das Gesicht herber, mit vorstehenden Wangenknochen. Ein wenig fadenscheinig schien ihnen seine Gestalt, wenn sie zusammenstanden und von der anderen Seite des Brückenvorplatzes aus über ihn sprachen. Auch seine Kleidung schien ihnen dunkler zu sein, abgerissener, heruntergekommen. Er wirkte jetzt plötzlich auf sie wie ein Landstreicher, eine verlorene Existenz. Sie machten sich Sorgen.

Man fragte sich, was es mit dem Jungen auf sich habe, ob er normal sei – »bei Trost«, sagte einer –, da er auf nichts reagierte, nicht mal auf Regen und Kühle, und auch sonst der Stadt keine Aufmerksamkeit schenkte, weder dem Brückenvorplatz noch der dahinter liegenden Barockkirche, weder der Engelbrücke als Ganzem noch dem Brückenkopfengel, dem ersten in einer Reihe von vieren, die einen über den Fluss geleiteten. Man hatte den Jungen nie anders gesehen als von der Steinfigur abgewandt. Stets hielt er den Kopf leicht nach vorn gebeugt, sodass er überhaupt nur die nächste Nähe wahrnehmen konnte. Man wusste nicht, ob er auf seine Beine, die Knie oder vielleicht auf das Kopfsteinpflaster der Brücke starrte. Es schien, als hörte er Musik. Ob er sie in Gedanken erinnerte oder aus einem Discman in seiner Jacke hörte, war nicht zu erkennen. Die Leute wussten nur, dass Jugendliche oft derart in sich gekehrt dasaßen, wenn sie ihre Musik hörten. Er aber rührte sich nie.

An den heißen Tagen glühte die Stadt. Er saß in der prallen Mittagssonne am Engel und suchte nach keinem schattigeren Platz. Der Steinengel war zu klein, um das Licht abzuhalten, wenn die Sonne hoch über dem Fluss stand. Es schien, als dämmerte der fremde Junge vor sich hin, die Augen geschlossen.

Einmal ging jemand zu ihm hinüber und fragte aus Scherz, ob er versteinern wolle so wie der Engel in seinem Rücken, erhielt aber keine Antwort und ließ ihn sitzen. Der Engel wirkte fester, körperlicher als der Junge. Auch gab ihm das Licht einen leichten Glanz, der ihn beseelte, als würde er irgendwann ganz natürlich von der Mauer steigen und fortgehen. Das war schon vielen Passanten aufgefallen, während der, der sich seit einer Weile an ihn lehnte, inzwischen so sehr zum steinernen Bild der Leute am Brückenvorplatz gehörte, dass sein Verschwinden und Nicht-mehr-Erscheinen sie fast noch mehr aus der Ruhe gebracht hätte als der Engel.

Dinge ereigneten sich in der Nähe der Brücke, die der Fremde mitbekommen musste. Ein Unfall am Brückenkopf, zwei Autos stießen zusammen. Die Fahrer gerieten aneinander. Von den Geschäften auf der anderen Seite des Brückenvorplatzes aus hatte niemand den Ablauf sehen können, weil ein Reisebus direkt vor den Geschäften hielt und die Sicht versperrte. Also trat ein Polizist auf den Jungen zu, der den Hergang direkt im Blick gehabt haben musste, und befragte ihn als Zeugen. Aber er hatte nichts zu sagen. Er wusste von nichts oder wollte sich in den Streit der Fahrer nicht einmischen. Er schüttelte den Kopf. Das schien der einzige Unterschied, durch den sich der Junge von der Engelstatue unterschied.

An einem anderen Tag stellte eine Frau auf Höhe des Engels fest, dass ihr das Portemonnaie aus der Tasche geklaut worden war, und verdächtigte deshalb den in sich versunkenen Jungen des Diebstahls. Leute kamen dazu und umstanden den Engel und die Gestalt, die an ihm lehnte. Sie forderten den Jungen auf, seine Taschen zu leeren und das Hemd auszuziehen, um zu beweisen, dass sich das Portemonnaie nicht bei ihm befinde, auch nicht das Geld. Man suchte den Boden seitlich der Brücke ab, ob er die Geldbörse eilig von sich geworfen habe. Er rührte sich nicht. Sie fassten ihn an, griffen ihm in die Taschen, packten ihn vorn am Hemd und tatsteten ihn ab. Er ließ es geschehen, doch es fand sich nichts. Die Leute gingen unsicher auseinander. Die Verdächtigung blieb, aber sie hatten keinen Beweis, also verschwanden sie, auch die Frau, der das Portemonnaie gestohlen worden war. Sie entschuldigte sich nicht, sondern sagte im Fortgehen mit böser Stimme, wenn er es nicht selber gewesen sei, müsse er doch zumindest etwas gesehen haben. Vermutlich decke er nur den Täter, arbeite womöglich mit ihm zusammen und spähe die Brückengänger für seinen Komplizen aus. Die Geschäftsleute von der anderen Seite des Brückenvorplatzes sahen dem seltsamen Schauspiel zu, wie sie dem jungen Mann an der Engelstatue schon seit Tagen zusahen, und mischten sich nicht ein.

Es gibt ein Hotel mit Blick auf den Brückenvorplatz und auf die Brücke selbst. Es ist ein kleines, unscheinbares Hotel, in dem die meisten Gäste nur eine Nacht bleiben. Die Zimmer sind im Sommer aufgeheizt von der Sonne, es gibt keine Fensterläden oder Jalousien, die die Hitze abhalten. Die Menschen gehen erst spät, wenn es schon dunkel ist, in ihr Zimmer. Nur dann kann man es – bei offenem Fenster – aushalten, auch wenn es noch laut ist auf dem belebten Vorplatz. Und morgens brechen sie schnell wieder auf, nichts hält sie in ihren spartanischen Zimmern.

Mit anderen Worten: Zu Zeiten, wenn der Junge, der seit Tagen an den Brückenengel gelehnt saß, seinen Platz einnahm, war das Hotel bereits leer und niemand ging auf sein Zimmer, ehe der Engelbegleiter wieder verschwunden war. Kein Gast sah ihn je und sprach am Frühstückstisch über ihn, niemand beobachtete ihn vom Fenster aus, niemand fragte, wer er sei.

Bis eines Tages ein Mann in das Hotel kam und zwei Zimmer für sich und seine Tochter begehrte. Er betonte, um jeden Verdacht im Keim zu ersticken, dass er genötigt sei, sie in den Sommerwochen auf seine Geschäftsreisen mitzunehmen, um zu verhindern, dass sie ohne elterliche Obhut die Ferien verbringe. Er war seit kurzem allein erziehend und niemand im Sommer vor Ort, um nach seiner Tochter zu sehen, nicht seine seit kurzem mit einem anderen lebende Frau, nicht seine Schwester, nicht seine Mutter, mit der das Mädchen ohnehin nicht bereit gewesen sei, gemeinsam in Urlaub zu fliegen. Er erzählte das alles ausführlich, denn er stieg immer, wenn er in der Stadt zu tun hatte, in dem kleinen Hotel am Brückenkopf ab und war deshalb mit dem Portier vertraut. Er habe seine Tochter auch nicht bei einer ihrer Freundinnen unterbringen können, die alle während der Sommerferien verreist waren. Anna, so hieß seine Tochter, sagte nichts und schaute genervt von den väterlichen Reden zu Boden.

Er machte sich Sorgen, aber er wollte oder konnte nicht selbst mit ihr Urlaub machen, er ging seinen Geschäften nach. Er fand das Hotel geeignet, nicht weil es preiswert war, sondern weil er glaubte, seine Tochter könne von dort allein in die Stadt. Er gab ihr Geld, damit sie etwas essen gehen könne, auch Geld für ein Eis und für ein paar sonstige Einkäufe, und hoffte, sie würde sich für die Barockkirche, für das Museum der Stadt und ein paar andere Sehenswürdigkeiten interessieren, in deren kühlen Räumen der Sommer erträglich wäre. In der Nähe der Brücke sei jedoch auch eine Badegelegenheit, wenn sie Lust habe. Von den früheren Reisen kannte er sich in der Stadt etwas aus. Er bemühte sich, Anna die Dinge schmackhaft zu machen und redete im Zimmer auf sie ein, wie er es vorher an der

Rezeption mit dem Portier getan hatte. Anna nickte und äußerte sich nicht.

Er sagte zu ihr: »Das Hotel ist nicht schön, aber die Wege sind kurz. Du brauchst einfach nur rauszugehen. In zwei Tagen fahren wir weiter.«

Anna schwieg. Der Sommer zog sich hin. Ein Sommer ohne Menschen, so kahl wie das Zimmer des Hotels. Sie reagierte nicht. Das Zimmer schreckte sie nicht einmal ab. Sie nahm es kaum wahr. Sie hatte auch nicht vor, ihren Koffer auszupacken, ihre Sachen auf dem Bett auszubreiten, T-Shirts und Sommerröcke in bunten Farben, an denen sich freuen ließ. Es war nicht so, dass sie die Sachen nicht mochte. Aber sie halfen nicht gegen das Alleinsein in diesem Sommer. Nichts half dagegen. Sie fühlte sich fremd, egal wohin ihr Vater sie mitnahm. »In zwei Tagen fahren wir weiter.«

Sie ging nicht hinaus, obwohl es im Zimmer heiß war. Sie sperrte das Fenster auf und die Sonne glühte hinein, während sie auf dem Bett lag, las oder über Kopfhörer Musik hörte. Sie ging nichts essen, solange sie allein war. Abends würde ihr Vater zurückkommen und sie in ein Lokal ausführen. Dort würde sie auch etwas trinken. Das reichte. Was sollte sie in der Stadt, in der Kirche, im Museum, beim Baden am Fluss? Sie kannte ja niemanden.

Wenn sie aufstand, sah sie mit flüchtigem Blick aus dem Fenster, weil sie nicht angezogen war. Sie erkannte die Badestelle rechts von der Brücke, wo ein paar Jungen von einem vorgelagerten Holzponton aus ins Wasser sprangen und die Mädchen ihnen gelangweilt zusahen. Anna hatte keine Lust hinunterzugehen, um sich abzukühlen. Sie störten die Jungen, die sich mit ihren Sprüngen wichtig taten und von den Mädchen bewundert werden wollten. Anna blickte nach links zur Brücke und sah die Engelstatuen auf der Brückenmauer, drei Engel bis hinüber zum anderen Ufer. Aber sie ahnte, es mussten vier sein, wenn die Engel symmetrisch verteilt waren. Den vordersten Engel konnte sie nicht sehen, ohne direkt an die Fensteröffnung zu treten. Aus halber Zimmertiefe verdeckte die Wand unter dem Fenster den vorderen Teil der Brücke. Sie wechselte die CD in ihrem Discman und legte sich wieder hin.

Am Abend, als sie mit ihrem Vater zum Essen ging, schaute sie vom Eingang des Hotels aus über den Platz und fand ihre Annahme bestätigt, dass auf der Brückenmauer vier Engel in gleichem Abstand den Weg über den Fluss säumten. Sie sah, dass der vordere Engel nicht allein war, sondern ein Junge an ihn gelehnt saß. Ein magerer Junge mit traurigem, abgewandtem Blick, als hätte er mit dem Engel gestritten und könne doch nicht von ihm lassen. Sie wartete auf ihren Vater, der die Zimmerschlüssel beim Pförtner abgab. Es war immer noch warm auf dem Brückenvorplatz, fast schwül. Das Wetter passte zu dem Bild, wie der Junge abgewandt von dem Engel und doch an ihn gelehnt saß. Die Luft war schwer, wie von einem schwelenden, unausgetragenen Streit, fand Anna.

Aber das war nur ein kurzer Gedanke, dann legte ihr Vater von hinten den Arm um sie, als wäre sie seine Freundin, obwohl sie dazu wirklich zu jung aussah. Man konnte sehen, dass sie noch fast ein Kind war. Sie gingen fort. Als sie zurückkehrten, war es dunkel. Am

Engel lehnte jetzt niemand mehr. Das sah Anna mit einem kurzen Blick über den Platz. Die Luft war etwas abgekühlt, als wäre der Streit zwischen dem Engel und dem Jungen, den sie gesehen hatte, bereinigt. So oder so war er fort. Der Engel verbrachte die Nacht allein.

Am anderen Morgen war er noch immer allein, als sie hinaussah, ehe sie mit ihrem Vater zum Frühstück ging. Danach verließ er sie mit einem Kuss und sie ging zurück in ihr Zimmer, schaute noch einmal hinaus. Aber es war zu früh. Niemand war da und sie zog sich aus und legte sich halbnackt aufs Bett, um zu lesen, ihre CDs zu hören und auf den Abend zu warten. Es war schon am Morgen heiß. Manchmal dachte sie, während die Musik lief, an ihre Mutter, die nicht mehr da war, sondern getrennt von ihnen mit einem anderen lebte. Seitdem fehlte etwas in Annas Leben, vielleicht nicht leibhaftig, überlegte sie, aus dem Alter war sie heraus, aber in ihrem Innern fühlte sie ein Loch, das sich nicht schließen ließ, nicht mit Badengehen und neuen T-Shirts, die sie sich kaufte. Anna wollte nirgends mehr hin. Manchmal schlief sie mitten am Tag in dem Loch, das sie fühlte, ein. Schlafen verkürzte die Leere in ihr und überdeckte die Angst.

Als sie an diesem Tag in dem Hotel wieder aufwachte, erinnerte sie sich, dass sie noch gegen Mittag Hunger gefühlt hatte, danach aber eingeschlafen war. Sie wunderte sich, dass sie trotz des Lärms auf dem belebten Brückenvorplatz erst nach Stunden wach geworden war – völlig verschwitzt. Ihre Haut klebte. Sie überlegte zu duschen, ehe ihr Vater zurückkommen würde, um sie zum Essen abzuholen, was nicht mehr lange hin war. Sie staunte, wo die Zeit geblieben war. Morgen würde sie mit ihrem Vater weiterfahren. Es war ihr egal.

Sie stand auf. Die Hitze lag schwer im Zimmer. Als sie zum Fenster schaute, sah sie, dass ein Gewitter aufzog. Der Himmel verdunkelte sich. Sie schaute zu dem Badeplatz mit dem hölzernen Ponton hinüber, von dem noch immer die Jungen genauso wie gestern ins Wasser sprangen. Doch auch die Mädchen sprangen heute. Sie hörte ihre kreischenden Stimmen. Die Wolken verdeckten die Sonne.

Dann schaute sie nach den drei Engeln, die sie, ohne direkt ans Fenster zu treten, sehen konnte. Sie wirkten jetzt dunkler als gestern. Sie trat noch einen Schritt weiter vor, aber die Wand unter der Fensteröffnung verdeckte auch da den vierten Engel. Sie musste noch weiter. Es zog sie behutsam, fast unmerklich Schritt um Schritt nach vorn. Sie reckte sich, stellte sich auf Zehenspitzen, um festzustellen, ob der vierte Engel dadurch sichtbar würde, dann tat sie den nächsten Schritt. Schließlich ging sie seitlich vom Fenster in Deckung und zog ihren Körper vorsichtig zurück.

Sie war nicht überrascht, den Jungen wieder an den Engel gelehnt zu sehen, aber sie fühlte sich vor ihm schrecklich entblößt. Erst recht wollte sie ihm kein Interesse zeigen, über das sie sich selber gar nicht im Klaren war. Er saß genauso wie gestern da und sie fragte sich, warum. Er wirkte heruntergekommen, aber das störte sie nicht. Sie wusste nur, dass sie ihn beobachten wollte. Fast eine Stunde lang blieb sie hinter der Wand stehen und sah aus dem Fenster zu ihm hinunter.

Er zog sie an. Sie wollte näher zu ihm, doch ohne ihn anzusprechen. Sie wollte nur sehen, was mit ihm los war. Sehen, was sie von oben nicht richtig erkennen konnte. Sie zögerte, sah zu dem dunkler gewordenen Himmel und wusste, sie musste sich beeilen. Sie hätte duschen müssen, verschwitzt wie sie war. Ihre Haare frisieren. Aber dafür war keine Zeit mehr. Ihr Vater kam bald zurück. Sie zog nur den verschwitzten Slip aus und kleidete sich dann in Jeans und T-Shirt, was sie für angemessen hielt. Dann schaute sie noch einmal aus dem Fenster, ob der Junge nicht fort war, und verließ auf Zehenspitzen das Zimmer. Sie wunderte sich, warum sie den Schlüssel so leise umdrehte, als dürfe sie niemand hören. Vorsichtig ging sie nach unten. Zum Glück saß der Portier nicht am Empfang.

Als sie die Tür öffnete, wehte ein heftiger Wind über den Brückenvorplatz. Papierfetzen und Blätter kreiselten auf dem Pflaster. Der Himmel war gelb. Es begann zu regnen. Sie sah den Engel schwarz gegen das Licht und daneben seinen Begleiter, den schmächtigen Jungen. Sie wartete, ob der einsetzende Regen ihn vertrieb. Aber der Junge rührte sich nicht. Es blitzte über der Stadt, Donner grollte. Der Junge blieb sitzen, als ob er das Gewitter überhaupt nicht wahrnehmen würde. Sie wunderte sich. Es regnete jetzt heftig. Auf dem unebenen Pflaster standen die Pfützen. Unaufhörlich spritzten die Tropfen in sie hinein. Der Junge saß jetzt in einem blassen Dunst, der von der noch warmen Brückenmauer aufstieg. Auch der Engel hüllte sich in einen Schleier aus leichtem Dampf.

Als es zum zweiten Mal blitzte, schien es Anna plötzlich, als ob der Junge den Kopf heben würde und über den Brückenvorplatz zu ihr herübersähe. Aus der Distanz konnte sie sein Gesicht nicht erkennen. Anna glaubte zu wissen, dass es gefährlich war, bei Gewitter so nah am Wasser zu sitzen. Sie hatte Angst. Dennoch blieb sie im Hoteleingang stehen. Sie wusste noch immer nicht nicht, wie sie den Jungen ansprechen sollte. Er würde ihr wahrscheinlich gar keine Chance geben, mit ihm zu reden. An seiner Stelle würde sie es genauso tun. Vielleicht hatte er niemanden, zu dem er gehen konnte. Vielleicht war er fremd in der Stadt. Es donnerte über dem Platz. Sie folgte dem Gedanken weiter und malte sich aus, dass er in eine neue Familie gepresst worden sei, die er nicht wollte. In eine fremde Stadt, die er nicht wollte. Vielleicht hielt er das alles nicht aus. So wie Anna es nicht ausgehalten hätte bei ihrer Mutter und deren neuem Freund. Deshalb war sie bei ihrem Vater geblieben. Und hatte sich auf die Leere eingelassen, auf das Loch, das in ihrem Innern herrschte. Vielleicht.

Sie zögerte immer noch, spielte mit ihren nackten Füßen in der Pfütze vor dem Hoteleingang wie ein Kind. Sie hatte noch immer keine Ahnung, was sie dem Jungen sagen wollte. Aber sie fühlte sich weiter angezogen von ihm.

Auf einmal lief sie mit ihren platschenden Füßen los. Es blitzte über dem Fluss. Und der Engel glänzte.

Henriette Kuhrt

Mein Sommer mit Alescha

Alescha wohnte direkt gegenüber. Naja, direkt gegenüber ist vielleicht nicht ganz der richtige Ausdruck, weil sich auf der anderen Seite der Straße gar kein Haus befand. Während die eine Seite der Bassewitzstraße mit Mietshäusern zugemauert war, fünf Stockwerke, Altbau dicht an dicht, befand sich auf der anderen Seite nur ein Autoschrottplatz, daneben ein Park und in dem Park eine Wagenburg. Und dort wohnte Alescha.

Meine Mutter und ich waren erst vor wenigen Monaten nach Berlin gezogen, pünktlich zu Beginn des Halbjahrs. Nach der Trennung hatte sie einen neuen Job gesucht, aber vermutlich auch so etwas wie ein neues Leben, und ich musste mit. Und so saß ich in einer neuen Stadt in einer neuen Schule und durfte mir neue Freunde suchen. Aber es war schon in Ordnung, es ging schon. In der Schule ließen sie mich in Frieden, das hätte auch anders kommen können. Und außerdem mochte ich unsere Straße, den Park mit der Wagenburg und die Punks.

Auch meine Mutter hatte nichts gegen sie. »Wir leben hier in einer Großstadt, Nina«, sagte sie und nahm dabei ihre Brille mit dem dicken schwarzen Rahmen ab, »so etwas gehört einfach dazu. Und außerdem – die sind doch völlig harmlos, wie sie so in ihren Bauwagen hausen.« Ohne ihre Brille sah sie ein wenig jünger aus, weniger streng. Sie trug ihre glatten braunen Haare mit Seitenscheitel, einen dunkelbraunen Cordrock und eine Bluse mit Querstreifen. In der Agentur gehörte es dazu, sich ein wenig jünger zu geben als man war. Wenn man in der Grafik arbeitete, erst recht. Doch um die Augen, da sah sie ein wenig erschöpft aus, mit den grauen Schatten und den kleinen Falten.

Alescha lernte ich über seinen Hund kennen. Ich hatte den ganzen Frühling damit verbracht, meine Mutter zu einem Hund zu überreden.

»Nein«, sagte sie, »nicht in der Wohnung.«

»Hunde sind stubenrein«, sagte ich.

»Nein«, sagte sie, »so ein Tier braucht Auslauf – Hunde in der Stadt, das ist Tierquälerei.«

»Drüben ist ein Park – ich würde ja morgens und abends mit ihm rausgehen«, sagte ich.

»Nein«, sagte meine Mutter, »Hunde stinken.«

Hunde stinken. Damit war die Diskussion beendet und deshalb lernte ich Alescha kennen. Man könnte sagen, dass es ihre Schuld war.

Das war an einem Nachmittag im Mai. Die Sonne vergoldete die Brühe im Landwehrkanal, Fußgänger tobten am Ufer entlang und ich suchte nach einem Platz im Gebüsch, um eine Zigarette zu rauchen. Man könnte meinen, in Berlin wäre es den Leuten egal, wenn eine Dreizehnjährige im Park raucht. Ist es aber nicht. Überhaupt nicht. Ich hatte sogar den Eindruck, dass es

Frauen mittleren Alters ein Vergnügen war, mich vor den Folgen vorzeitigen Zigarettenkonsums zu warnen. »Junge Dame«, sagten sie und blickten mir dann ernst in die Augen, »wer so anfängt, mit dem kann es kein gutes Ende nehmen!«

Und so schob ich mit meinen Armen die kräftigen Äste des Rhododendrons auseinander, bückte mich und krabbelte hinein. Hier war es ein wenig kühler als draußen auf der Wiese, so richtig warm war es auch im Mai noch nicht geworden und ich schloss den Reißverschluss meiner Kapuzenjacke. Dann griff ich in die Taschen, zog Zigarettenpackung und Feuerzeug hervor, blickte mich noch mal um und zündete mir eine an.

Ich war gerade dabei, tief auszuatmen – ffffff –, da raschelte etwas im Gebüsch. Ich drehte mich um, überall Rhododendronstämme, weiter oberhalb kräftige dunkelgrüne Blätter, ein paar Sonnenflecken auf dem Boden, doch ich konnte niemanden sehen. Da raschelte es ein zweites Mal und diesmal konnte ich eine Männerstimme hören: »Fietje, komm zurück!«

Vor meinen Füßen saß mein Geburtstagsgeschenk. Ein kleiner brauner Hund mit zotteligem Fell und Ohren, die so lang waren, dass sie fast auf dem Boden schleiften, was auch an seinen kurzen Beinen liegen mochte. Er schnuffelte am Boden entlang, wedelte dabei aufgeregt mit dem Schwanz und schnupperte an meinen Schuhen. Er war winzig, vielleicht so lang wie meine Hand.

»Fietje, bist du hier?« Wieder ein Knistern im Gebüsch, diesmal deutlich lauter. Ich hockte mich in die

Knie, streichelte den Kopf des kleinen Hundes, da stand Alescha auch schon vor mir.

»Ach, da hast du dich versteckt.«

Ich hatte Alescha schon einige Male auf der Straße gesehen, von meinem Fenster aus hatte ich einen Ausblick auf die Wagenburg. Er mochte so um die zwanzig sein, trug sein Haar in Dreadlocks, die er an diesem Nachmittag zu einem Zopf zusammengebunden hatte. Er hatte eine enge schwarze Jeans an, Springerstiefel mit bunten Schnürsenkeln und ein verwaschenes Sweatshirt mit einem Totenkopf auf der Brust.

Er trat auf mich zu, griff nach dem Hund und nahm ihn auf den Arm.

»Aha«, sagte er, während er mit dem Zeigefinger an Fietjes Schnauze herumspielte, »du hast dich also gleich auf die Suche nach den Frauen gemacht. Das fängt ja gut an mit dir.«

Ich merkte, dass ich heiße Ohren bekam, wie immer, wenn ich aufgeregt oder mir etwas peinlich war.

»Ich bin Alescha«, sagte er und streckte mir seine Hand entgegen, »und wer bist du?«

»Nina«, antwortete ich und ärgerte mich schon. Schließlich hatte meine Mutter mir tausendmal gesagt, ich solle nicht mit fremden Männern sprechen. Erst recht nicht, wenn ich mit ihnen allein in einem Rhododendrongebüsch stand. Ich nahm hastig einen Zug von meiner Zigarette, so wie ich das auch bei gestressten Frauen in amerikanischen Fernsehserien gesehen hatte. Die meisterten jede Situation mit einem fffffffff. Das gab ihnen Zeit.

»Bist du nicht ein bisschen zu jung dafür, Nina?«,

fragte Alescha und lächelte mich an. Er hatte blaue, etwas herausstehende Augen, die mich ein wenig an Bart Simpson erinnerten, und fantagelbe Zähne. Aber er sah trotzdem ziemlich nett aus.

»Was willst *du* denn?«, antwortete ich gereizt, »bist du mein neuer Erziehungsberechtigter?«

»Ich hoffe nicht«, sagte Alescha und streichelte dem Hund sanft über den Kopf, »ist ja auch deine Sache.«

Dann setzte er an, aus dem Gebüsch zu stapfen. Auch auf der Rückseite seines Sweatshirts prangte ein riesiger Totenkopf.

»Halt!«, rief ich hinter ihm her, »warte, Alescha!«

»Was gibt's denn?«, fragte er und drehte sich zu mir um.

»Darf ich mal Fietje auf den Arm nehmen?«

»Ja sicher«, sagte er, machte einen Schritt auf mich zu und drückte mir den Hund sanft in die Hände.

Ich konnte seine Finger erkennen, seine Schmutzränder unter den Fingernägeln und die vielen Lederbändchen, die er sich um sein Handgelenk gewickelt hatte. Alescha war ungefähr so bedrohlich wie sein Hund.

Am nächsten Tag besuchte ich Alescha in seinem Wagen. Vorher hatte ich keinen Grund gehabt, die Wagenburg zu betreten, und hatte sie nur neugierig von meinem Fenster aus beobachtet. Doch jetzt traute ich mich endlich, die Straße zu überqueren und das schwere Holzgatter zu öffnen. »Sonnenrepublik« stand mit weißer Farbe auf ein kleines Holzschild geschrieben, »Post für Bassewitzstraße 12–16 büdde rechts in den Kasten.« Die Wagen waren in einem etwas unregelmäßigen Kreis auf einem Sandplatz angeordnet, in dessen Mitte ein paar angerostete Gartenstühle und ein Plastiktisch mit einem Grill standen. Auch die Wagen sahen ein wenig mitgenommen aus, meist besprühte Holzcontainer, mit denen nicht mal Zirkusse durch die Gegend fahren würden. Ein paar Hunde streunten umher, die Bewohner lungerten auf den Treppchen, die in die Wagen hineinführten, spielten Gitarre, jonglierten oder kifften in der Sonne.

Aleschas Wagen stand ein wenig abseits von den andern. Innen hatte er einen kleinen Ofen eingebaut und ein Schornsteinrohr durch das Dach gebohrt. An der Wand hing ein Army-Rucksack mit Konserven, seine Matratze lag auf Holzpaletten, die er in Hüfthöhe auf Bücherregale gelegt hatte. In der Ecke, unter dem Esstisch, stand Fietjes Korb. Es müffelte ein wenig nach den Räucherstäbchen, die Alescha abends anzündete, doch ich war gern bei ihm. In der Wohnung meiner Mutter war alles so angelegt, dass wir beide die drei Zimmer und die Essküche dringend zu brauchen schienen. Ich war vorher noch nie auf den Gedanken gekommen, dass man auch auf sechs Quadratmetern ohne Strom leben konnte.

»Warum wohnst du abseits von den andern?«, fragte ich ihn, als ich in der Junisonne auf der Leiter zu seinem Wagen saß.

»Ich brauche manchmal meine Ruhe«, sagte er, »und mag auch nicht ständig beobachtet sein.«

Ich hielt Fietje im Arm, kitzelte den Hund mit einem Grashalm und sah Alescha an, der auf einem Stuhl vor dem Wagen in der Sonne saß. Der Stuhl war mit roten

Plastikschnüren bespannt, die so ausgeleiert waren, dass Alescha mit seinem Hintern schon fast auf dem Boden schrappte. Diesmal trug er eine olivgrüne Armeehose und ein schwarzes Unterhemd. Er hatte ziemlich breite Schultern, das war mir vorher gar nicht aufgefallen.

»Bei uns ist es eigentlich eher zu ruhig«, sagte ich, während ich mit der rechten Hand versuchte, den Stoff meiner Cordhose in eine Richtung zu streichen. »Ich fände es schön, mit so vielen Leuten um einen Dorfplatz zu wohnen.«

»Ist es auch«, sagte Alescha, »aber eben nicht immer.«

»Zu Hause bin ich die meiste Zeit allein«, sagte ich, während Fietje nach dem Grashalm schnappte, »meine Mutter muss immer ziemlich lange arbeiten und mein Vater lebt woanders.«

»Hast du keine Geschwister?«, fragte er.

»Nein«, sagte ich, »nur einen Goldfisch.«

»Ich hab auch keine Geschwister«, sagte Alescha, »und noch nicht mal einen Goldfisch.«

»Aber du hast Fietje«, warf ich ein.

»Aber …«, begann Alescha und sprach dann doch nicht weiter. »Egal«, sagte er schließlich und bohrte mit seinem nackten Fuß in der Erde herum, bis sein großer Zeh ganz schwarz wurde.

Von da an besuchte ich Alescha fast jeden Tag nach der Schule.

Meine Mutter brauchte eine ganze Weile, bis sie merkte, dass ich die Nachmittage nicht in der Wohnung verbrachte. Erst war sie überzeugt, ich hätte in der Schule schnell Anschluss gefunden, doch dann kam der Elternabend und da sagten sie ihr, dass ich mich noch nicht so gut in die Klassengemeinschaft eingelebt hätte. Da hatte ich sie am Hals.

»Wo bist du denn nur den ganzen Tag?«, fragte sie. »Egal, wann ich zu Hause anrufe, nie gehst du dran.«

Dann sah sie mich an, lang und prüfend, einmal rauf und einmal runter. Und dann seufzte sie. »Du wirst immer älter«, sagte sie. Und dann: »Sag mal, hast du einen Freund?«

»Nein«, murmelte ich. War ja noch nicht mal groß gelogen.

»Ist schon in Ordnung«, sagte sie und lächelte mich an, »ihr werdet ja heute noch schneller erwachsen als wir damals. Und wenn was ist, du weißt ja, komm einfach zu mir.«

»Ja«, sagte ich und blickte auf den Boden »Klar.«

»Hier«, sagte sie und nestelte in ihrer Handtasche, »kauf dir doch was Schönes.« Dann drückte sie mir einen Hundert-Euro-Schein in die Hand.

Am nächsten Nachmittag klopfte ich an Aleschas Wagen.

»Alescha!«, rief ich, »bist du da?«

Er öffnete die Tür, rieb sich die Augen und blickte mich verschlafen an.

»Nina«, sagte er und nahm meine Hand, »komm doch rein.«

Ich trat in den Wagen und lächelte Alescha an. Ich

hatte extra einen kurzen Rock mit dicken Socken und schwarzen Docks angezogen und mir von dem Geld meiner Mutter einen dunkelroten Lippenstift gekauft.

»Ich hab ein Geschenk für dich«, sagte ich.

»Wirklich?« Alescha setzte sich wieder auf sein Bücherregal-Bett und blickte mich erwartungsvoll an. »Das ist aber nett.«

»Ja ...«, sagte ich, »es ist eigentlich für Fietje.«

Dann öffnete ich die Tüte und reichte ihm das Geschenk, dass die Verkäuferin in rosa Seidenpapier verpackt hatte.

»Mach es auf«, sagte ich und spürte bereits das vertraute Glühen in meinen Ohren.

Alescha lächelte verlegen, dann friemelte er ein wenig ungeschickt an der Schleife herum.

»Ich weiß gar nicht mehr, wann ich das letzte Mal ein eingepacktes Geschenk bekommen habe«, sagte er.

»Wieso?«, sagte ich, »schenken dir deine Eltern denn nie was?«

»Naja«, sagte Alescha, »sie würden es vermutlich tun, wenn sie wüssten, wo ich wohne.«

Dann legte er das Seidenpapier vorsichtig neben sich auf das Bett und faltete das Dreieckstuch auseinander. Es war schwarz und voll mit kleinen weißen Totenköpfen. Ich hatte es in dem Laden gesehen, in dem ich auch meine Docks gekauft hatte.

»Es ist wunderbar«, sagte Alescha und lächelte mich an, »danke dir, Nina.« Er rutschte von seinem Bett, ging einen Schritt auf mich zu und umarmte mich. Er roch ein wenig nach Nivea und ich versteinerte unter seiner Berührung.

»Fietje«, rief Alescha und ließ mich los, »komm her!«

Der Hund kam aus seinem Körbchen gesprungen und semmelte gegen Aleschas Knie. »Ein Geschenk für dich.«

»Wie siehst du denn aus?«, rief meine Mutter an diesem Abend. Sie stand am Herd und schnippelte Kartoffeln in einen Topf. »Kommst du gerade vom Fasching?«

»Wieso?«, fragte ich. »Was meinst du?«

»Was hast du für komische Botten an den Füßen?«, sagte sie und deutete auf meine Springerstiefel. »Siehst du denn nicht, wie viel Schmutz du mit diesen dicken Sohlen in die Wohnung schleppst? Und seit wann benutzt du überhaupt Lippenstift?«

Sie hatte einen langen Tag gehabt und ich wusste, dass die Arbeit anstrengender war, als sie anfangs gedacht hatte. Aber es gab keinen Grund, das an mir auszulassen.

»Gibt es für Lippenstifte eine Altersbegrenzung?«, sagte ich, schon eine Nuance lauter als unbedingt nötig, »ist dieses Rot erst frei ab sechzehn?«

»Jetzt werd bitte nicht rotzig«, sagte meine Mutter kühl, »du bist erst dreizehn und ich möchte nicht, dass du so rumläufst.«

»*Wie* rumläufst?«

»Na, *so!*«, sagte sie und fuchtelte dabei mit der Hand in meine Richtung, »so … *frühreif.*«

Frühreif. Damit hatte sie mich mal wieder so weit. Ich merkte, wie mein ganzer Kopf zu glühen begann und die Wut in meinen Bauch einmarschierte. Dann explodierte ich.

»Du hast sie ja nicht mehr alle!«, schrie ich mit schriller Stimme. »Du bist hier die, die sich pausenlos verkleidet mit ihrer komischen Jugenduniform. Guck dich doch mal selber an! Lass mich gefälligst in Ruhe! Du kannst mich mal!« Dann drehte ich um, lief in mein Zimmer und knallte die Tür mit einem solchen *Rumms* hinter mir zu, dass die Poster an der Wand zitterten.

»Nina!«

Meine Mutter rüttelte an der Türklinke. Ich saß noch immer auf meiner Fensterbank und blickte nach draußen. Es war spät geworden, doch ich konnte noch zu deutlich erkennen, wie ein Bewohner der Wagenburg an einen Baum pinkelte.

Auf meinem Schreibtisch lagen ein paar Bücher, die ich mir von Alescha ausgeliehen hatte – *Unterm Rad* von Hesse, *Tonio Kröger* von Thomas Mann. Er hatte mehr Klassiker bei sich rumstehen als die Stadtteilbibliothek. Der Punk war ein Bildungsbürger, aber das mal unter uns.

»Nina, mach auf.«

»Lass mich in Ruhe!«, antwortete ich, »Hau ab!«

»Nina«, sagte meine Mutter, »bitte lass mich rein. Ich möchte mit dir reden.«

Ich stand auf, schlurfte langsam zur Tür und drehte den Schlüssel um. Dann setzte ich mich wieder auf meine Fensterbank und blickte nach draußen.

»Nina«, sagte meine Mutter. Dann wusste sie offenbar auch nicht recht weiter.

»Was?«, sagte ich und blickte sie noch immer nicht an.

»Hör mal«, begann sie, »es tut mir Leid, was ich vorhin in der Küche zu dir gesagt habe. Es ist nur so …«, sie atmete einmal fest aus und sprach dann weiter. »Du hast dich in der letzten Zeit so sehr verändert. Ich komme manchmal abends nach Hause und frage mich, ob ich eigentlich weiß, was meine Tochter den ganzen Tag macht und wie sie sich fühlt. Und dann, dann muss ich feststellen, dass ich keine Ahnung habe, was in dir vorgeht, ob du glücklich bist oder nicht. Du stehst vor mir und ich frage mich, ob ich wirklich so wenig Zeit mit dir verbringe.«

»Ist schon gut«, sagte ich und sah sie noch immer nicht an.

»Nein«, sagte meine Mutter, »ist es nicht. Es ist nicht gut. Ich weiß, dass du angefangen hast zu rauchen. Ich vermute, dass du einen Freund hast, habe aber keine Ahnung, wer er ist und was ihr miteinander macht. Und plötzlich trägst du einen Lippenstift, der wirklich nichts für Mädchen in deinem Alter ist.«

Ich sah noch immer nach draußen. Ich wusste, wie sehr es meiner Mutter nahe ging, dass wir uns so wenig zu erzählen hatten. Aber richtig verantwortlich fühlte ich mich auch nicht für ihr schlechtes Gewissen. Außerdem hatte ich gerade Alescha entdeckt, der zusammen mit Fietje über den Dorfplatz ging und ein Gespräch mit einem Punk begann. Der Hund sprang zwischen ihren Füßen hin und her und ich konnte sehen, dass er das Tuch nicht mehr um den Hals hatte. Stattdessen hatte Alescha es selbst umgebunden. Ich meinte, das weiße Totenkopf-Muster aus der Entfernung erkennen können.

»Ist in Ordnung«, sagte ich, »mach dir keine Sorgen.«

Ich drehte mich um, lächelte meiner Mutter kurz zu und sah wieder hinunter zur Wagenburg.

In der nächsten Woche fuhren Alescha und ich gemeinsam zum Baden. Er hatte sich von einem Bekannten einen dunkelblauen Fiesta ausgeliehen, der ringsum mit Beulen versehen war. »Wohin willst du, Nina?«, fragte Alescha. Er trug noch immer das Tuch.

»Raus«, sagte ich, »irgendwo ans Wasser.«

Dann lehnte ich mich zurück, schlüpfte aus meinen Schuhen und legte die Füße über Kreuz auf das Armaturenbrett. Fietje saß auf dem Rücksitz. Er war ganz schön gewachsen in der letzten Zeit.

»Gut«, sagte Alescha, »dann fahren wir nach Brandenburg, ans Havelufer.«

Er fuhr rückwärts aus der Parklücke heraus, zum Manövrieren legte er seinen rechten Arm auf die Lehne von meinem Sitz.

»Ich kenne dort einen schönen Ort«, sagte er, »und wir können da auch mit Fietje spazieren gehen.«

Ich drückte mit meinem Fuß die Kassette in den Rekorder und *Manu Chao* dengelte los.

Ich weiß nicht, wie lange Alescha und ich unterwegs waren, aber als wir aus dem Wagen ausstiegen und Fietje mit einem gewaltigen Satz in das Gras sprang, glaubte ich, von der Großstadt in eine andere Welt versetzt zu sein. Ein kleiner Sandweg führte zum Havelufer, links davon ein kleiner Wald, rechts eine kniehoch gewachsene Wiese, über der Kohlweißlinge und Pfauenaugen ihre irren Schmetterlingsrunden drehten. Das Sonnenlicht flimmerte über der Havel und der Geruch des trockenen Grases kitzelte in meiner Nase.

»Komm mit!«, sagte Alescha und legte seine Hand auf meinen Arm, »da vorn haben wir einen fantastischen Blick.« Er zeigte auf einen Ufervorsprung, auf den eine Kirche gebaut war. Sie war sehr klein, sodass der Vorsprung genügend Platz zum Hinlegen bot.

»Komm«, sagte er und rannte los, »wer schneller ist.«

Dann peste Alescha davon, gefolgt von Fietje, und ich rannte hinter ihnen her, so gut ich konnte.

Von nahem konnte ich erkennen, dass die Kirche aus hellem Sandstein gebaut war, der mit dunkelblauen Kacheln besetzt war.

»Die Kirche ist ja geringelt!«, sagte ich und drehte mich um.

Die Havel war an dieser Stelle sehr breit, ich konnte das Schilf auf der anderen Seite des Ufers nur als einen undeutlichen Streifen erkennen. Dann setzte ich mich auf die warmen Steine und kramte in meiner Tasche nach der Sonnencreme.

»Ja«, sagte Alescha. »Darum mag ich sie auch so gern.«

»Glaubst du an Gott?«, fragte ich, während ich die Flasche schüttelte und die weiße Flüssigkeit auf meinen Armen verteilte.

»Nein«, sagte Alescha beiläufig, »früher mal. Gib mir auch was von deiner Creme.«

»Früher?«, fragte ich. »Wann hat früher angefangen, nicht mehr jetzt zu sein?«

Alescha schwieg und zuckte mit den Schultern.

»Weiß nicht so genau«, antwortete er, »vielleicht, als ich so alt war wie du.«

Es machte mich wahnsinnig, wenn Alescha mit dem Altersunterschied anfing. Als wäre er in meinem Alter nicht nur jünger als jetzt gewesen, sondern gleich jemand anderes, eine Person, mit der er inzwischen nichts mehr zu tun hatte. Ich fühlte dann die Distanz zwischen uns größer werden und merkte, wie Alescha glaubte, ich wäre in einem Zustand, in dem ich noch nicht ganz das Endprodukt meiner selbst war. Ich selber fühlte mich eigentlich schon ziemlich vollständig.

»Ich hatte mal einen Bruder«, begann er nach einer kurzen Pause. Er zog Fietje zu sich auf den Schoß und berührte mit seiner Nase den Nacken des Hundes. »Er war ein wenig älter als ich. Christian. Christian war mir immer ein paar Schritte voraus, wie das eben so ist mit zwölf und fünfzehn. Ich spielte Tischtennis im Garten und er traf sich mit seinen Freunden in irgendwelchen Kellern, um Mädchen zu küssen. Er hatte einen Unfall, als er eines Tages vom Fußball zurückfuhr. Es war ein nasser Herbsttag, er hatte kein Licht am Fahrrad, schlidderte auf dem Laub und der Laster hat ihn nicht mehr rechtzeitig gesehen. Man hat ihn noch ins Krankenhaus gebracht, doch er überlebte die Verletzungen nicht.«

Ich schwieg. Was hätte ich sagen können? Noch immer hatte Alescha sein Gesicht in Fietjes Fell vergraben, er sprach sehr leise und sah nicht zu mir herüber.

»Ich habe es niemandem erzählt, nachdem ich von zu Hause weggegangen bin. Auch den Leuten in der Wagenburg nicht.«

»Was ist dann geschehen?«, fragte ich.

»Mit Christians Tod wurde bei uns zu Hause alles anders. Nach außen hin ging es weiter, alles nahm seinen Lauf. Meine Mutter engagierte sich noch immer in der Gemeinde und backte Kuchen für die Aussiedler. Und mein Vater harkte das Laub, als ob nichts geschehen wäre. Die Fassade blieb stehen, doch dahinter regte sich nichts mehr. Und irgendwann bin ich dann gegangen, hab mir einen Wagen besorgt und mich von Alexander in Alescha umbenannt. Dann bin ich umhergezogen, hab mal hier, mal da gewohnt und zur Zeit wohne ich eben mit den andern Punks in der Sonnenrepublik.«

»Und deine Eltern haben gar keine Ahnung, wo du steckst?«

»Nein«, antwortete Alescha und endlich richtete er sich auf, »manchmal schicke ich ihnen eine Postkarte, damit sie nicht auf die Idee kommen, mich polizeilich suchen zu lassen, weil sie denken, ich wäre auch tot. Aber ansonsten hören wir nichts von einander.«

»Sie müssen sich doch entsetzliche Sorgen machen«, sagte ich und bereute es schon. Ich wollte Alescha nicht kritisieren. Wenn er nichts mehr von seinen Eltern wissen wollte, war das seine Sache, nicht meine. Ich biss mir auf die Lippen.

Aber Alescha war nicht wütend. Er sagte einfach gar nichts, sondern wedelte nur mit einer Hand eine Bremse von Fietjes Fell.

»Komm, Nina«, meinte er später und stand auf, »lass uns zurückfahren.« Als wir zusammen zum Auto gingen, legte er seinen Arm um meine Schultern und ich umarmte seine Taille. Alescha war mir so vertraut, dass ich es schon fast normal fand, den Stoff seines T-Shirts zu berühren.

Am Abend fragte meine Mutter, ob ich diesen Sommer nicht einen Sprachkurs machen wolle.

»Fahr doch nach England«, sagte sie, »das ist genau das Richtige für dich. Du lernst ein wenig zu sprechen und außerdem kommst du mal wieder hier raus unter andere Leute.«

»Nein«, sagte ich.

Ich konnte mir nichts Schlimmeres vorstellen als die Sommerferien ohne Alescha zu verbringen. Vier Wochen ohne ihn, seinen Wagen und Fietje, ich wusste gar nicht, wozu das gut sein sollte.

»Es ist ja auch nur für vier Wochen«, fuhr meine Mutter fort, »und die englische Küste soll wunderschön sein.«

»Klar« sagte ich, »Dauerregen, picklige Sprachschüler und durchweichte Fish'n'Chips oder wie das fettige Zeug heißt. Ich will ganz bestimmt *nicht* an die englische Küste. Auch wenn's nur für vier Wochen ist.«

»Aber du kannst doch nicht die ganzen Sommerferien in Berlin in der Wohnung rumhängen!«, warf meine Mutter ein. Sie war gar nicht mehr von ihrer Idee abzubringen. »Ich werde arbeiten müssen, wir haben in der Agentur einen neuen Auftrag bekommen und wir können es uns nicht leisten abzusagen.«

Sie stand an meinen Schreibtisch gelehnt, ihre Brille hing an einer goldenen Kette über ihrem Busen.

»Nein«, sagte ich, »ich will nicht.«

Das Ganze erinnerte mich ein wenig an die Diskussion um den Hund, nur war jetzt ich die, die keinen Zentimeter von ihrer Position abrückte.

»Nina …«, begann meine Mutter von neuem.

»Nein«, sagte ich, »kommt nicht in die Tüte.«

Sie seufzte.

»Überleg's dir noch mal«, sagte sie, dann drehte sie sich um und ging aus meinem Zimmer.

Ein paar Tage später saß ich wieder bei Alescha auf der Stufe. Die Sonne schien direkt auf seinen Eingang und der Geruch von warmem Holz lag in der Luft. Mit einem Finger spielte ich an Fietjes Schnauze herum, seinem weichen Gaumen und seinen Zähnen, mit denen er niemals zubiss.

»Ich weiß nicht, was sie will«, sagte ich zu Alescha, der eine Stufe unter mir saß. »Ständig nörgelt sie an mir rum. An meinem Aussehen, meinen Noten, an allem. Und jetzt will sie auch noch, dass ich den Sommer an der dämlichen englischen Küste verbringe.«

Ich nahm eine Zigarette aus meinem Beutel und zündete sie mir an.

»Willst du auch eine?«, fragte ich Alescha.

»Du solltest es besser lassen«, entgegnete er nur, »davon hört man nur auf zu wachsen.«

Er hatte sich mit dem Ellenbogen auf der Stufe hinter ihm abgestützt und seinen Kopf so weit in den Nacken gelegt, dass er mich über Kopf sehen konnte.

»Aber gib mir mal eine.«

Er lächelte, dann wurde sein Gesicht wieder ernst.

»Ich finde, dass sich deine Mutter ganz nett anhört«,

fuhr er fort und griff nach der Zigarette, »sie macht sich nur Sorgen um dich, dass du zu viel Zeit allein verbringst oder mit irgendwelchen Jungen herumhängst, die sie nicht kennt.«

»Das musst *du* gerade sagen«, widersprach ich. »Wer schickt denn seinen Eltern nur alle Jubeljahre eine Postkarte?«

»Ich hab sie neulich gerade angerufen«, sagte Alescha und lächelte mich über die Schulter an. »Nachdem wir miteinander gesprochen hatten.«

»Ist nicht wahr.« Ich war völlig verblüfft. Alescha hatte auf mich gehört. Damit hatte ich nicht gerechnet.

»Doch«, sagte er, »ich hab noch mal drüber nachgedacht und sie dann einfach angerufen. Ich konnte sie gerade noch davon abhalten, mich in Berlin zu besuchen. Aber ich hab ihnen versprochen, noch diesen Sommer zu Hause vorbeizuschauen.«

»Wirklich?«, sagte ich und meine Stimme kiekste ein wenig vor Aufregung. Ich konnte das noch immer nicht glauben.

»Ja«, sagte Alescha, schon ein wenig ungeduldig, »was ist denn dabei? Ich hätte mich sowieso früher oder später bei ihnen gemeldet.«

Doch meine Nachmittage mit Alescha endeten so abrupt, wie sie begonnen hatten. Nachdem er mir erzählt hatte, dass er auf meine Worte gehört habe, glaubte ich einfach schnell, was ich glauben wollte. Dass ich Alescha so viel bedeutete wie er mir. Je länger ich darüber nachdachte, desto sicherer wurde ich mir: Es war nur noch eine Frage der Zeit, bis er den Altersunterschied so sehr in den Hintergrund gerückt haben würde wie ich und wir endlich ein richtiges Paar werden konnten. Auch über das *wie* hatte ich mir bereits ausgiebig Gedanken gemacht:

In einer Version saßen Alescha und ich wie immer vor seinem Wagen und wurden von einem Regenguss überrascht. Darauf zog er mich zu sich in seinen Wagen, zog sein T-Shirt aus und bot auch mir ein neues an. So stand er mit nacktem Oberkörper vor mir, und anstatt sich weiter anzuziehen, legte er seine Hand um meine und zog meinen Kopf zu seinem Gesicht, um mich zu küssen. In einer anderen Version rettete ich ihn gleich vor der Polizei, die der Wagenburg eine Razzia abstattete. »Komm, Alescha«, sagte ich zu ihm, »ich bringe dich an einen Ort, an dem du sicher bist und übernachten kannst.« Ich versteckte Alescha zwei Tage in meinem Zimmer (genauer gesagt in meinem Bett) und in dieser Nacht gelang es mir auch, Aleschas Herz endgültig zu gewinnen. Von all dem, was nach unseren Küssen kommen sollte, hatte ich eine etwas weniger klare Vorstellung. Ein paar Mädchen aus meiner Klasse hatten einen Freund und somit auch Sex. Das behaupteten sie zumindest. Ich konnte da auf einen weniger reichen Schatz an Erfahrungen zurückblicken: Bis jetzt hatte ich nur einmal in meinem Leben einen Jungen geknutscht, und das auch nur, weil ich musste. Ich hatte beim Flaschendrehen verloren und musste Severin auf den Mund küssen, einen Jungen, den wir wegen seines großen Mundes und seiner wässrigen blauen Augen. immer nur als »den Hering« bezeichnet hatten.

Doch was ich an diesem Nachmittag auf Aleschas

Bett entdeckte, zerschmetterte alle meine Hoffnungen mit einem Mal auf eine so eindeutige Weise, dass ich mich für meine kitschigen Fantasien schämte wie nie zuvor in meinem Leben.

Tatsächlich begann der Nachmittag in etwa so, wie ich es mir vorgestellt hatte: Es schüttete aus Eimern und Alescha und ich sprangen schnell in seinen Wagen. Wir waren nicht so durchnässt, doch er wechselte tatsächlich sein Hemd und ich blickte auf den Boden. »Willst du auch einen Tee?«, fragte Alescha und fummelte an seinem Propangaskocher herum, bis der mit einem Zischen ansprang.

»Gern«, antwortete ich, legte meine Handflächen auf seine Bücherregale und sprang mit einem kleinen Hüpfer auf sein Bett.

Und in diesem Moment trennte sich die Wirklichkeit von meinen Wünschen und ging ihren Weg allein weiter.

Ich hörte noch, wie das Wasser in dem kleinen Blechtopf zu sprudeln begann und wie Alescha in seinem Army-Rucksack nach Pfefferminztee kramte. Da sah ich auf der Bettkante, zwischen Taschenlampe und Holzschnitzereien, die er von irgendeinem Asientrip mitgebracht hatte, einen Haufen Haarklammern. Kleine silberne Haarklammern, sicherlich ein ganzes Dutzend.

»Alescha«, begann ich, den Ernst der Lage nicht ganz überblickend, »deine Ex-Freundin scheint ja eine ganze Menge Haare auf dem Kopf zu haben.«

Er drehte sich zu mir um. In der einen Hand hielt er einen Becher Pfefferminztee, in der andern ein Handtuch, mit dem er seinen Tisch abgewischt hatte.

»Wieso Ex?«, fragte er.

»Wieso Freundin?«, fragte ich zurück. Dann sah ich den Ausdruck in seinem Gesicht, den Mund leicht geöffnet und die Stirn zu Querfalten zusammengezogen. Er hatte die Schultern hochgezogen, so als ob es etwas wäre, was ihm sehr Leid tat, doch worüber er keine Kontrolle gehabt hatte.

»Nina«, sagte er, »das mit Vivi und mir ist eine lange Geschichte. Ich kann dir das erklären.«

Ich saß noch immer regungslos auf seinem Bett und starrte auf den Army-Rucksack an der Wand. Tränen fluteten meine Augen, mein Blick verschwamm und Alescha wurde zu einem Klecks in einem dunklen Wagen.

»Vivi und ich ... wir waren schon während der Schulzeit zusammen, mal so, mal so, nicht immer richtig, aber auch nie richtig getrennt. Als Christian gestorben ist, da waren wir Tag und Nacht zusammen, diese Zeit hätte ich ohne sie nicht ausgehalten. Sie war für mich da, als ich sie so dringend brauchte wie niemals zuvor und glücklicherweise auch niemals danach mehr in meinem Leben.«

Alescha stellte den Tee auf seinem kleinen Tisch ab und setzte sich auf den einzigen Stuhl, den es in dem Wagen gab.

»Doch irgendwann hatte sie einen neuen Freund, ich bin von zu Hause weggegangen und niemand wusste, wo ich abgeblieben war.«

»Und dann hast du bei deinen Eltern angerufen, ihnen gesagt, wo du steckst, sie haben es Vivi gesagt und sie hat dich gleich besucht«, beendete ich seine Erzählung. Dann sprang ich vom Bett und ging langsam und aufrecht aus dem Wagen.

»Nina!«, rief Alescha von seinem Türrahmen aus, »warte doch!«

Doch er folgte mir nicht und es kostete mich alle Kraft, erst hinter dem Tor der Sonnenrepublik loszuheulen. Die Tränen liefen mir übers Gesicht, zusammen mit dem Sommerregen. Sie hinterließen kaum unterscheidbare Minipfützen im Flur.

Ich öffnete die Haustür, ging zum Telefon und wählte die Nummer meiner Mutter.

»Hallo?«, rief ich in den Hörer, »Mama? Ich glaube, ich möchte doch nach England.«

»Wie schön«, sagte meine Mutter, »dann buche ich noch heute Nachmittag vom Büro aus die Reise nach Eastbourne. Aber ist alles in Ordnung mit dir, mein Schatz? Du klingst so komisch.«

»Ja«, sagte ich, »ich glaube, ich muss nur mal raus.«

Jan Koneffke

Adlers Bande

Es war in diesem heißen Sommer mit seinen warnenden Stimmen, dem schreienden Kauz, den ratschenden Grillen und Eulenrufen, die nachts aus dem Wald kamen und mich erschauern ließen. Der See war eine dunstige Wand und trotz des sperrangelweit aufgesperrten Fensters meiner Kammer im Zollhaus war es sinnlos, an Schlaf zu denken. Es war stickig und feucht, Schnaken zerstachen mich und alle zehn Minuten sprang ich vom Bett, um Ausschau zu halten. Martin Adler hatte versprochen, mich um Mitternacht abzuholen.

In diesen Tagen, die wir mit boshaften Streichen verbrachten, ereignete sich die schlimme Geschichte mit Frau Neubert. Ich kann erst elf gewesen sein, und mit elf schuld am Tod eines Menschen zu werden, ist ein Schock, den man nicht mehr vergisst. Ja, das glaubte ich felsenfest, am Ende der armen Frau Neubert schuld zu sein. Es war ein entsetzliches Geheimnis. Keiner außer Martin Adler wusste, was ich verbrochen hatte, und mit seinem Schweigen konnte ich rechnen, er war ja nicht weniger schuldig als ich.

Ich war erst elf und hatte in seiner Bande eigentlich nichts verloren. Adler und seine Leute waren mindestens 14 oder 15, hatten Pickelgesichter, litten an Stimmbruch, erste Milch- und Ziegenbarthaare zierten Oberlippe und Kinn und in allen steckte eine Kraft, die sich nicht beherrschen ließ und sich beim kleinsten Anlass in Wildheit verwandeln konnte. Als rau und boshaft, anmaßend und frech habe ich sie in Erinnerung. Fliege, ein Rotschopf, verdankte seinen Namen der Mutprobe, die man ablegen musste, um Bandenmitglied zu werden: Seine hatte im Verspeisen von zehn toten Fliegen bestanden. Pudding, der Adler am treuesten ergeben war, war nicht etwa fett oder aufgequollen, er war bloß der Sohn eines Puddingpulver-Vertreters, der zwischen Konstanz und Landau mit seinem blauen VW von Laden zu Laden fegte, um Dr.-Oetker-Produkte loszuschlagen. Zecke war der Einzige, der den Mut hatte, Adler bisweilen zu widersprechen, und wenn er am Ende immer klein beigab, lag das an seinem ewigen Geldmangel. Er lieh sich bei Adler, was er brauchte, und das musste inzwischen eine beachtliche Summe sein. »Du bist ein Blutsauger«, schimpfte Adler, der keine an Zecke verliehene Mark vergaß und außerdem Zinsen berechnete. Fritz war ein stummer und sturer Kerl, von dem man nicht wusste, was er im Kopf hatte. Ohne besonders begeistert zu sein und sich jemals ein Bein auszureißen, folgte er Adlers Befehlen gehorsam. Er steuerte nichts zur Bande bei außer seiner puren Gegenwart und vermutlich war das der Grund, warum er seinen Namen behalten durfte.

Kein anderer als Martin Adler hatte das Recht, einen Spitznamen zu vergeben. Er entschied, wer zur Bande stoßen durfte und wer als Feind zu betrachten war. Und als er beschloss, mich zu einem seiner Leute zu machen –

mich, einen mutlosen Quintaner – erntete er keinen Widerspruch, wenn man von Zeckes spitzen Bemerkungen absah. Anfangs war es mir absolut schleierhaft, warum Adler ausgerechnet auf mich verfallen war. Was konnte ich seiner Bande bieten? O ja, ich war ein blendender Schwimmer und bildete mir eine Zeit lang ein, das zeichne mich in seinen Augen aus. Ob er einen Streich ausheckte, der einen blendenden Schwimmer erforderte?

Er musste von meiner Schwimmleidenschaft erfahren haben, denn er fing mich im Mai im verrotteten Ruderboot ab, das im Schilf der einsamen Insel versteckt war. Es hatte keine Ruder mehr und seine Ruderbank war zerbrochen. Wer es am Ufer vergessen haben mochte, wann und warum, blieb ein Geheimnis, das mich umso heftiger anzog. An warmen Tagen liebte ich es, zum verlassenen Eiland zu kraulen, das dschungelhaft dicht bewachsen war, mich im Boot auszustrecken, zum Himmel zu schauen und auf einem Grashalm zu kauen. Niemand leistete mir Gesellschaft, außer im Wasser bummelnde Karpfen, Wespen, die einen morschen Baum bewohnten, und ein paar Wildenten. Das war mir recht, ich wollte allein sein. Ich war meine schnatternden Schwestern los, die zu faul waren oder zu feige, eine Strecke von zwanzig Minuten zu schwimmen, und Vaters Hotel, in dem es betriebsamer zuging als in einem Bienenstock.

An diesem Maitag verbarg sich Adler im Boot, bis ich in Reichweite war. Als er mich am Handgelenk packte und hochzog, setzte mir beinahe das Herz aus. Es beruhigte mich wenig, in ein bekanntes Gesicht zu schauen. Ich strampelte in seinem harten Griff, bis er mich mit einem Lachen losließ. »Erstaunt, was?« Er spuckte ins Wasser.

Adler war einer von diesen Jungs, um die man besser einen Bogen machte, wenn man keinen Streit haben wollte. Er war der Sohn des Reeders Hans Adler, der eine Flotte von sieben Ausflugsdampfern besaß und in einer weißen, von scharfen Doggen bewachten Neureichenvilla am Seeufer wohnte. Kurz vor Ferienbeginn und Zeugnisausgabe tauchte er in seinem Porsche vorm Schultor auf, um einen Scheck zum Direktor zu bringen. Mit seinen Spenden trug er zum Aufbau des Schullabors bei, half bei der Anschaffung neuer Atlanten und Turnhallenmatten, und als es um Martins Versetzung schlecht bestellt war, schenkte sein alter Herr dem Schulorchester zwei Kesselpauken.

Im Schutz seines reichen Vaters, der außerdem Schwager des Landrats war, konnte es Martin sich leisten, rotzfrech zu sein. Er legte sich mit Lehrern und Hausmeister an, ohne Gefahr zu laufen, von der Schule verwiesen zu werden. Streitlustig mochte er sein: Nie warf er sich in blinder Wut auf seinen Gegner, ja, er balgte sich beinahe nie. Das ließ er, falls es erforderlich war, von seinen Leuten erledigen. Wenn er sich raufte, raufen musste, war er entschlossen und furchtlos und vor allem: Er hielt sich an keine Regeln. Adler nutzte das kleinste Zaudern, die winzigste Hemmung bei seinen Gegnern aus, bis sie weinerlich oder knurrend Reißaus nahmen. Man munkelte, nie habe er eine Keilerei verloren, und was das hieß, wusste ein Martin Adler am besten: Als nicht besiegbar zu gelten, ist der fast sichere Sieg.

Zeichne ich Martin Adler, wie er wirklich war, halb Held, halb finsterer Bursche, oder beschwindelt mich meine Erinnerung? Ich kann mich an Adler ja nicht erinnern, ohne automatisch ans Ende der armen Frau Neubert zu denken.

Zum Rebellen taugte er zweifellos nicht, trotz dieser Geschichte mit den misshandelten Gartenzwergen, die er im Mai – im selben Monat wie unsere Begegnung am Ufer der einsamen Insel – reihenweise stahl und an einer einsamen Stelle im Wald von seinen Leuten enthaupten ließ. Er wollte sie nicht behalten, versteht sich. Im Schutz der Dunkelheit brachte er sie den Besitzern wieder, die sie am anderen Morgen im Vorgarten fanden: kopflos und mit Tomatensoße beschmiert. Das war ein Streich, der als »Gartenzwergmorden« in unserem Ort Furore machte. Ja, im ›Konstanzer Tagblatt‹ war bald vom »grausigen Geschehen« zu lesen, mit dem der Barrikadenkampf von Berlin am Bodensee Einzug halte. Das war albern, mit Barrikaden und Wasserwerfern, Marxismus und Leninismus hatte Adler weiß Gott nichts am Hut – ich kannte mich besser aus in diesen Dingen als er. Meine große Schwester Nette erlebte sie als Studentin im fernen Berlin und schickte flammende Briefe heim, die Vater in Schrecken versetzten.

Nein, Adler war schlicht begeistert von der Aufmerksamkeit, die sein Treiben erregte, und plante, mindestens hundert weitere Gartenzwerge hinzurichten.

Diesen Plan musste er allerdings aufgeben, als Fliege, vom Vater auf frischer Tat ertappt, seine Bande verriet. Fliege war eher von bescheidener Intelligenz, und als er um ein Uhr nachts im Werkzeugschuppen auf seinen

Vater traf, dummerweise mit zwei besudelten, kopflosen Gartenzwergen im Arm, hatte er keine Ausflucht parat und stotterte sich um Kopf und Kragen.

Was Adler betraf, ging das glimpflich aus. Flieges Vater wagte es nicht, schnurstracks zur Polizei zu laufen, vermutlich um sich Scherereien mit Reeder und Landrat zu ersparen. Er drohte bloß mit einer Anzeige, sollte das Gartenzwergmorden weitergehen, und verdonnerte Fliege, den armen Fliege, den er entsetzlich verdroschen hatte und der im Gesicht, an Armen und Beinen von blauen Flecken bedeckt war, seine Warnung der Bande auszurichten.

Fliege hatte nichts Eiligeres im Sinn – er war leider trottelig genug – als seine Botschaft loszuwerden. Ich nehme an, er empfand sie als eine Last, litt an schweren Gewissensbissen und versprach sich von Martin Adler – ausgerechnet von Adler! – Zuspruch und Trost. Das passierte aus Zufall beim ersten Bandentreffen, an dem ich teilnehmen sollte, und ein paar Tage, nachdem mich Adler im Ruderboot abgefangen hatte.

Ich muss an diesem Nachmittag, im Schilf des verlassenen Eilands, reichlich begriffsstutzig gewesen sein. Ich konnte dem, was er sagte, nicht folgen, hockte am Bootskiel, zitternd und sprungbereit, falls er mich angreifen sollte. Ich rechnete mit seinem Angriff, ja. Ein Martin Adler verplauderte seine Zeit nicht aus Lust und Laune mit mir, einem Floh! Je mehr Zeit verging, umso sicherer war ich, er habe finstere Absichten, und als ein Wildenentenpaar von der Insel aufstob, erschrak ich zu Tode und plumpste vom Bootskiel ins Wasser.

O ja, er verfolgte eine Absicht, die allerdings reichlich harmlos war. Er hatte sich in meine Schwester verliebt und wollte von mir erfahren, ob er sich ausrechnen konnte, bei Bine zu landen.

Ich war viel zu aufgeregt und alarmiert, um seine Absicht zu erraten, und er kam ja nicht richtig zur Sache, umkreiste den heißen Brei, ich meine Sabine und seine Verliebtheit in sie, mit Andeutungen, die mir schleierhaft blieben. Endlich erhob er sich von seinem Platz, streckte sich in seiner bunt getupften Badehose und musterte mich. »Ich nehme dich in meine Bande auf. Das heißt, falls du einverstanden bist.« Adlers Stimme klang ziemlich belegt, als ob er von seinem Entschluss nicht besonders begeistert sei. »Na, was meinst du?«, wollte er wissen, als ich keine Anstalten machte, zu antworten. Ich glaube, ich war einfach fassungslos und brachte nicht mehr als ein heftiges Nicken zustande. »Abgemacht«, sagte er heiser, »ich hole dich am Freitag um Mitternacht ab, werde kleine Steine ans Fenster werfen und du schleichst dich zu mir ins Freie. Und wehe, du plauderst was aus.« Er hob seinen Zeigefinger zur Kehle, mit dem er drohend von links nach rechts strich, und ich, der keine Gelegenheit ungenutzt ließ, mich in Vaters Büro zu schleichen, wo der einzige Fernseher stand, den wir besaßen – ein kleines Schwarzweißgerät –, um Gangsterfilme zu gucken, wusste genau, was das bedeutete.

In den folgenden Tagen muss ich ziemlich verwirrt gewesen sein. Es machte mich einerseits stolz, einer von Adlers verrufenen Leuten zu werden, und es fiel mir schwer, meinen Mund zu halten, vor allem zu Hause bei meinen Schwestern, die es liebten, mich pausenlos aufzuziehen. Andererseits hatte ich schreckliche Angst vor der Mutprobe, die mir bevorstand. Nachts konnte ich nicht schlafen, denn es fielen mir tausend entsetzliche Dinge ein, die Adler von mir verlangen konnte: einen lebendigen Frosch zu essen, bei Vollmond zehn Runden ums Kriegerdenkmal vorm Rathaus zu laufen und zwar splitternackt, oder bei der Baustelle am Ortsrand ins Abwasserrohr zu steigen, das erst nach vier finsteren Kilometern bei der Schlammgrube wieder zum Vorschein kam und von Ratten und Spinnen bewohnt war.

Zwei Stunden, bevor Martin Adler mich abholen wollte, lag ich in Kleidern auf meinem Bett und starrte beunruhigt zur Decke. Ich schwitzte furchtbar, was ich auf meine Angst schob, und lief alle naslang zum Waschbecken. Es war nicht allein meine Angst. An diesem letzten Freitag im Mai sollte der Sommer beginnen, ein heißer bedrohlicher Sommer, der im Dachstuhl des Zollhauses knackte und knisterte. Stimmengewirr drang an mein Ohr, das von der Hotelterrasse am See kam und bis Mitternacht nicht verstummen wollte. Normalerweise leerte sie sich um neun oder zehn und Vaters Kellner konnten in Ruhe Tischdecken einsammeln, zitternde Windlichter auspusten, unsere Hollywoodschaukeln anketten und dem sich im Seewasser spiegelnden Mond Gute Nacht sagen.

Nein, heute mussten sie aufbleiben und unser Wachhund, der Bobby hieß, kratzte und winselte aufgeregt in seinem Zwinger. Unseren Wachhund Bobby zu nennen, das war Vaters Idee gewesen. Wie ein englischer

Polizist sollte er gleichzeitig wachsam und freundlich sein. Bobby war allerdings nichts als freundlich und ließ sich außerdem kinderleicht mit einem Knochen bestechen, was Adler in dieser Nacht bewies. Bevor er im Schatten des Zollhauses kleine Steinchen ans Dachkammerfenster warf, schlich er zum Zwinger und steckte einen Knochen in Bobbys hechelnde Schnauze, der sich schwanzwedelnd in seiner Hütte verkroch.

Erschrocken fuhr ich vom Bett hoch – es war fast halb eins – und stahl mich ins Treppenhaus. Ich musste mich vor meinen Schwestern in Acht nehmen, die in dieser sommerlich warmen Nacht von Zimmer zu Zimmer schwirrten. Ich nehme an, sie lasen sich gegenseitig Liebesbriefe vor, die sie empfangen oder verfasst hatten, oder rasierten sich Achseln und Beine mit Vaters Rasierapparat. Pausenlos waren sie am Kichern und Schwatzen.

»Halt deinen Mund«, knurrte Adler, als ich aus dem Zollhaus kam und atemlos keuchte: »Muss ich eine Mutprobe ablegen?« Er machte ein finsteres Gesicht, das ich fälschlicherweise auf mich bezog, und mein Herz sackte mehrere Stockwerke tiefer. Ich hatte ja keine Ahnung von Flieges Verrat, der Adler inzwischen zu Ohren gekommen sein musste, ich weiß nicht durch wen. Er war hundsmiserabler Laune. Wir liefen ins Weizenfeld, hoch bis zum Wald, wo ich meine dringende Frage wiederholte und Adler mich anzischte: »Geh mir nicht auf die Nerven, verstanden?« Ich nickte. Und folgte Adlers Schatten von nun an, ohne ein Wort zu sagen.

Manchmal tauchte der Mond zwischen Dunstwolken auf und beschien eine silberne Wiese, pechschwarze Teiche und flirrende Spinnennetze. Adler hatte es eilig. Er drehte sich nie zu mir um und alle Zweige, die er beiseite streifte, ließ er ohne Erbarmen gleich wieder los und in meine Richtung schnellen. Sie peitschten mir ins Gesicht, gegen meine Arme, verhakten sich in meinem Hemd. Um mich nicht zu blamieren vor Adler, presste ich wild meine Lippen zusammen. Nein, das durfte er nicht merken, wie empfindlich und feige ich war. Wenn er mich verachtete, mochte er sich eine schlimmere Mutprobe ausdenken als sie mir ohnehin drohte.

Ich hatte keinen Schimmer, wo wir uns befanden, obwohl ich den Wald gut kannte. An den murmelnden Bach, auf den wir stießen und der zu beiden Seiten mit wilden Brombeerstauden bewachsen war, konnte ich mich nicht erinnern. Wir sprangen im Bachbett auf moosbewachsenen Steinen bergauf und mehr als einmal rutschte ich von den Steinen ab und platschte ins kniehohe Wasser. An seinem Ende erreichten wir einen Felsen. Linkerhand, wo der von Flechten bewachsen war, rieselte Wasser zu Boden, rechterhand war er trocken und kahl und bildete einen knubbligen Vorsprung, unter dem eine breite Mulde klaffte. »Das ist unser Bandenversteck«, sagte Adler heiser und zwang mich, auf allen Vieren unter den Vorsprung zu kriechen. Ich erkannte im Dunkeln ein enges schwarzes Loch und an seiner Decke spiegelte sich der flackernde Schein eines Feuers. Nach etwa zehn Metern, die ich vor Adler, schwitzend und keuchend, ins Innere kroch, weitete sich der Schacht zu einer Grotte, in der zwei Fackeln brannten. An der Felswand huschten bizarre

Schatten und als ein blutiger Kopf auf mich zurollte, schrie ich vor Entsetzen auf. »He, was ist los?«, schnaubte Adler von hinten, »willst du Wurzeln schlagen? Beweg dich, Mensch.« Zitternd stand ich auf und gab Adler den Weg frei. Der staubte erst seine Hose ab, ehe er den besudelten Kopf vom Boden aufhob und mir vors Gesicht hielt.

»Na, und was ist das, du Memme?«

»Ein Gartenzwerg«, gab ich kleinlaut zur Antwort und grinsend half Adler mir auf.

Fassungslos, staunend marschierte ich neben Adler zu einer verborgenen Nische, in der eine dritte Fackel brannte und seine Leute versammelt waren: Fliege, Zecke, Pudding und Fritz. Sie hockten auf großen Steinen um ein Feuer, in dem sie Kartoffeln brieten. Der Rauch zog zur hohen Decke ab, wo sich ein Ausgang ins Freie befinden musste.

Zecke deutete mit seinem Finger auf mich. »Und was hat der bei uns verloren? Machen wir einen Kindergarten auf?« Pudding wieherte, Fritz stieß ein meckerndes Lachen aus – und Fliege starrte blass zu Boden. »Halt deine Klappe!«, entgegnete Adler scharf und setzte sich auf seinen Stein, »wir haben Wichtigeres zu besprechen.«

Ich hatte keinen Stein, auf den ich mich niederlassen konnte, was niemanden aus der Bande scherte, und so lehnte ich mich schließlich an eine Wand. Adler beachtete mich nicht mehr. Er wandte sich dem armen Fliege zu und zischte: »Du hast uns verraten!« Fliege wagte nicht aufzuschauen. Er betastete seine blau geschwollene Backe und stammelte, »nein ... ich konnte nicht anders … er hat mich ja erwischt«, und berichtete stotternd, was passiert war. Als er schwieg, spuckte Zecke ins Feuer: »Ich beantrage, Fliege aus der Bande zu verstoßen.«

»Und er braucht eine Abreibung, das ist klar«, knurrte Pudding. »Nein«, keuchte Fliege und hielt seine Backe fest. »Ich habe Hunger«, versetzte Fritz, »kann man das Urteil verschieben, bis ich gegessen habe?« Seelenruhig holte er sich mit einem Stock zwei Kartoffeln aus den Flammen.

Ich hatte keinen Hunger und war erleichtert, als niemand aus Adlers Bande mir eine Kartoffel anbot. Ja, mir war regelrecht schlecht, schlecht vor Mitleid mit Fliege, der auf seinem Stein hockte, bleich und mit pendelndem Kopf, und ergeben sein Urteil erwartete. Und Adlers Urteil fiel hart aus. Pudding und Zecke banden Flieges Arme und Beine mit Stricken zusammen, die Adler aus seiner Hosentasche zog – er hatte sich vorbereitet –, traten das Feuer aus, rollten die Fackel am Boden, bis sie erlosch und legten ein blitzendes Messer neben Fliege. »Mitkommen«, fauchte mich Adler an und packte meinen Arm, als ich im Dustern zum armen Fliege starrte, der winselnd an seinen Fesseln zerrte.

Ich weiß nicht mehr, wie ich nach Hause kam. Wie ich es schaffte, mich auszuziehen, ins Bett zu kriechen und einzuschlafen. Es war gegen zehn, als mich eine glutheiße Sonne vorm Dachzimmerfenster weckte. Ich tappte verwirrt und zerschlagen zum Waschbecken, bespritzte mir mein Gesicht mit kaltem Wasser und musste an Fliege denken. Falls er es schaffe, sich bis um Mitternacht von seinen Stricken zu befreien, werde er nicht aus der Bande verstoßen, das war Adlers Urteil gewesen. »Wenn nicht, lass dich ja nicht mehr blicken!«

Mir war schwindlig, als ich aufs Rad stieg. Ich hatte zweieinhalb Unterrichtsstunden verpasst und keine Entschuldigung bei mir, ich musste mit ziemlichem Ärger rechnen. Und außerdem konnte ich Fliege nicht vergessen, der an Armen und Beinen gefesselt allein in der Grotte lag. Als es zur Pause schellte, marschierte ich kurz entschlossen zum Schulhoftor, wo Adler mit seinen Leuten lehnte. Er warnte mich mit seinen Augen. Oh, mir war klar, er wollte sich nicht mit mir zeigen, mit mir, der ich erst elf war. Mir war es egal, und wenn er mich nie zu einem seiner Leute machen sollte, ich musste Fliege retten! Mit jedem Schritt, der den Abstand zum Schultor verringerte, wuchs meine Angst. Es schien eine Ewigkeit zu vergehen, bis ich es endlich erreicht hatte und mit fester Stimme zu Adler sagte: »Du musst Fliege befreien, sonst mach ich es!« Bei jedem meiner Schritte hatte sich Adlers Gesicht mehr und mehr verfinstert und umso erstaunter war ich, als sich jetzt seine Mundwinkel zu einem Grinsen verzogen. »Und wer ist das?« Er neigte seinen Kopf zur Seite und zwischen Pudding und Zecke erkannte ich: Fliege. Fliege, der zu verwirrt war, um mich zu bemerken, und abwechselnd seine Backe betastete oder seine vom Strick zerschnittenen Handgelenke rieb. »Der war heute als Erster in der Schule«, raunzte mich Adler an, »und du hau bloß ab! Sonst mach ich dir Beine.«

Ich glaube, es war das Erlebnis mit Fliege, das meine Zweifel an Adlers Bande zerstreute. Ja, Adler und seine Leute mochten grausam und wild sein, boshaft und frech – bis zum Schlimmsten ließen sie es nicht kommen. Von diesem Tag an beteiligte ich mich an den Streichen, die Adler sich ausdachte, ohne mir viele Gedanken zu machen. Ich wollte mir seine Anerkennung verdienen und Adler beweisen, nicht weniger mutig als Zecke und Pudding zu sein.

Ich denke, in diesem heißen Sommer, vor dem wir uns oft in der Grotte verkrochen, verwilderte ich mehr und mehr. Um bei unseren Treffen nicht dumm an der Felswand zu lehnen, verscheuchte ich Fliege von seinem Stein und der wehrte sich nicht. Wutentbrannt warf ich mich eines Tages auf Zecke, der es nicht lassen konnte, mich beharrlich »das Baby« zu nennen. Zecke, der starke Zecke, schaffte es nicht, mich zu Boden zu schleudern. Keuchend zerrte er an meinen Armen, die sich von hinten um seinen Hals schlangen und seine Kehle zusammenpressten, und ehe er sie auseinander biegen konnte, biss ich mich in seiner Schulter fest. Er stieß einen Schmerzensschrei aus und ich ließ erst los, als Adler mir in die Rippen boxte und fauchte: »Es reicht!«

Als er uns seinen Plan mitteilte, das Mofa des Hausmeistersohns zu verschleppen, und zu wissen verlangte, wer bereit sei, sich nachts auf den Schulhof zu schleichen, meldeten Zecke und ich uns als Erste. Wir stahlen es, ohne erwischt zu werden, und brausten zusammen zur Stelle im Wald, die Adler mit uns vereinbart hatte. Wir versteckten es nahe der Grotte und drehten nachts wilde Runden im Freiluftkino, das vor Monaten pleite gegangen war, und als wir uns ausgetobt hatten und kein Benzin mehr im Tank war, lieferte Adler es wieder beim Hausmeister ab – und strich hundert Mark Finderlohn ein. Wir lauerten Liebespaaren auf, die sich am Seeufer trafen, und wenn sie erst richtig am Knutschen waren, schossen wir mit einer Schreckschusspistole und heulten wie ein Indianerstamm oder ein hungriges Wolfsrudel. Meistens konnten wir etwas erbeuten, und unser bedeutendster Fang war das Kleid der Tochter unseres Schuldirektors, ein weißes Kleid mit blauen Tupfen, mit dem sie erst eine Woche zuvor im Lokalteil der Zeitung zu sehen gewesen war, als Siegerin eines Gesangswettbewerbs. Wir zogen das Kleid, um drei Uhr nachts, am Fahnenmast vorm Alten Rathaus hoch, was einen riesigen Wirbel entfachte, und den Direktor veranlasste, seine Tochter aufs Internat zu schicken.

Nein, ich war nicht mehr mutlos oder weniger frech als die andern. Und trotzdem hatte mir Adler nie eine richtige Mutprobe abverlangt, als sei ich nicht wirklich Teil der Bande. Von Woche zu Woche missfiel mir das mehr. Und als er mich eines Tages wieder am Ufer der einsamen Insel abfing und mir beichtete, in meine Schwester verliebt zu sein, brannte es in mir vor Scham und Wut. Klar, es war nie seine Absicht gewesen, mich in seine Bande aufzunehmen. Er hatte mich um sich haben wollen, nicht mich, nein: Sabines kleinen Bruder, von dem er sich Hilfe versprach. Hilfe in einer Sache, die peinlich und dumm war. Wie konnte sich ein Martin Adler ausgerechnet in meine Schwester verlieben?

Ich stellte mich stur und ließ Adler zappeln. »Ich weiß nicht, was sie von dir denkt«, knurrte ich, »ob sie dich mag oder nicht. Was meine Schwestern bequatschen, das schert mich nicht, und sie vertrauen mir nichts an.« Ich verzog meinen Mund vor Verachtung: »In wen sie verliebt sind, erst recht nicht.« Das stimmte und trotzdem wusste ich mehr, als ich bereit war zu verraten. Mir kam manches zu Ohren, sei es beim Mittagessen, das wir zusammen mit Vater im Speisesaal unseres Hotels einnahmen, sei es, wenn ich nicht einschlafen konnte und meine Schwestern im Zollhaus von Zimmer zu Zimmer schwirrten und aufgeregt tuschelten. O ja, ich wusste, in wen sich Sabine vergafft hatte: Adler war es nicht.

Ich beschloss, mein Wissen nicht preiszugeben. Das hatte ich ja in diesem Sommer bei unseren Streichen gelernt: Man musste sich schlauer anstellen als die andern. »Ich werde meine Ohren aufsperren«, versprach ich, »unter einer Bedingung.«

Feindselig blinzelte Adler mich an: »Und welche Bedingung soll das sein?«

»Ich will eine Mutprobe ablegen!«

»Sei nicht albern«, kicherte Adler erleichtert, »du hast deinen Mut ja bewiesen: Als du mir befohlen hast, Fliege zu befreien«, Adler kicherte wieder, »das war frech genug, meinst du nicht?«

Nein, ich war anderer Meinung und beharrte auf einer richtigen Mutprobe, bis Adler, der nachdenklich seine Finger ins Wasser neben dem Bootsrand tauchte, murmelte: »Gut, ich bin einverstanden. Ich hole dich heute um Mitternacht ab.«

Zornig ging ich in dieser Augustnacht zu Bett und lauschte den warnenden Stimmen, den ratschenden Grillen am Feldrand, dem warnenden Kauz und den schaurigen Eulenrufen, warf mich von einer Seite zur andern, schwitzte und konnte nicht einschlafen. Es war stickig und feucht und vom See, der eine schwarze dunstige Wand war, kamen Schnaken ins Zimmer. Alle zehn Minuten sprang ich vom Bett, um Ausschau nach Martin Adler zu halten, und zehn Minuten vor Mitternacht tauchte sein Schatten beim Zwinger auf.

»Das ist keine Mutprobe«, fauchte ich, als wir nebeneinander am Waldrand hockten und er mir seinen Plan auseinander legte. »Erstens«, erwiderte Adler scharf, »entscheide ich, was eine Mutprobe ist, und nicht du. Zweitens befindet sich neben Frau Neuberts Laden das Polizeirevier. Und drittens«, er grinste mich boshaft an, »kenne ich dich, du willst einer alten Frau wie der Neubert nichts antun.« Ich nickte, Adler hatte ja Recht. Sein Plan war schlau und vor allem teuflisch. Was er von mir verlangte, war mehr als eine einfache Mutprobe. Ich sollte beweisen, keine Gemeinheit zu scheuen, wenn er es befahl.

Als ich kleiner war, hatte ich mit meinen Schulkameraden Frau Neubert als Hexe verspottet, wenn sie uns nach Schulschluss begegnete. Sie kleidete sich nie anders als schwarz, war inzwischen ein bisschen bucklig und hatte ein schrecklich vernarbtes Gesicht. Wir verfolgten sie »Hexe! Hexe!« kreischend, im sicheren Abstand von zehn oder zwanzig Metern – Frau Neubert ertrug es stumm. Nein, sie giftete uns nie an, wie wir das von andern Erwachsenen kannten, schimpfte nicht, drohte uns nicht mit der Handtasche. Ja, eines Mittags, als ich sie mit einem Apfelkrotzen beworfen hatte, vor Eifer am Bordstein ins Straucheln kam und mir meine

Knie aufschlug, war es Frau Neubert, die mir zu Hilfe kam. Sie telefonierte im Laden mit meinem Vater und schenkte mir zum Trost Lakritzschnecken und einen Vierfarbbuntstift.

Auf der Heimfahrt erfuhr ich von meinem Vater, eine Infektion habe Frau Neuberts Gesicht zerfressen, als sie ein Kind gewesen sei. »Sie hat erst im Alter von dreißig geheiratet«, sagte mein Vater, »und zwar einen Wehrmachtssoldaten, der drei Monate nach der Hochzeit im russischen Winter erfroren ist. Das hat sie niemals verschmerzt.« Ehe wir beim Hotel einbogen, musste ich Vater versprechen, Frau Neubert nie mehr als Hexe zu verspotten, und das Versprechen fiel mir leicht. Was ich an Schulsachen brauchte, Stifte, karierte oder linierte Hefte, Radiergummis, Anspitzer oder Patronen, kaufte ich seit diesem Erlebnis ausschließlich bei Frau Neubert ein und niemals verließ ich den staubigen Kramladen, in dem man fast alles bekommen konnte – vom Hemdknopf bis zur Sicherheitsnadel, von Pfeffer- und Salzstreuern bis zu Brausebonbons –, ohne ein kleines Geschenk, das ich mir aussuchen durfte.

Erst neulich hatte ich mir bei Frau Neubert besseres Briefpapier besorgt, um meiner Schwester Nette zu schreiben. Und war erschrocken, als sie sich krumm und hustend zum Fach mit Papier und Kuverts schleppte. »Sind Sie krank?«, erkundigte ich mich besorgt und Frau Neubert erwiderte mit heiserer Stimme: »Ja, am Herzen.« Ich wusste nicht recht, was sie meinte, schaute verlegen auf meine Armbanduhr und Frau Neubert meinte: »Du hast es eilig. Lass dich nicht aufhalten, Florian.«

Bis heute wird mir schwindlig, wenn ich an jene Nacht im August denke. Es muss gegen eins gewesen sein, als wir bei Frau Neuberts Kramladen eintrafen, mit je einem schweren Stein in der Tasche, die wir uns am Waldrand eingesteckt hatten. Vorm Polizeirevier war nichts los und Adler behauptete, nachts schiebe Wachtmeister Tacke Dienst, und ehe der wach werde, seien wir schon beim Neubaugebiet. »Wenn es passiert ist, trennen wir uns und treffen uns erst an der Baustelle wieder, hast du verstanden?«, tuschelte er. Ja, ich hatte verstanden. Sollte man einen von uns schnappen, war der alleine verantwortlich und durfte den andern nicht verraten.

Frau Neuberts Laden befand sich an der Straßenecke, was bei unserem Vorhaben vorteilhaft war. In null Komma nichts konnte jeder von uns in eine dunkle Gasse entwischen und auf seinem Fahrrad Reißaus nehmen. Eine Minute verbargen wir uns hinter zwei eisernen Abfalltonnen auf der anderen Straßenseite und umklammerten unsere Steine. Und diese Minute verging nicht. Mir fielen Frau Neuberts freundliche Augen ein, wenn sie mir Brausebonbons zusteckte, ich hatte Frau Neuberts warme Stimme im Ohr, die »du hast es eilig« sagte, »lass dich nicht aufhalten, Florian«, ich dachte an das Versprechen, das ich Vater gegeben hatte, sie nie mehr als Hexe zu verspotten. Zweimal fiel mir der Stein zu Boden und zweimal erkundigte Adler sich boshaft: »Bist du bereit oder nicht?« Zornig biss ich mir auf die Unterlippe und nickte, ja, ich war bereit. Und trotzdem: Als er das Startsignal gab, taumelte ich aus unserem Versteck hoch, strauchelte eher als dass ich lief, rannte zur anderen Straßenseite und weinte, als ich meinen Stein in das Schaufenster warf. Den Knall und das Ohren zerreißende Splittern im Ohr, rannte ich zu meinem Fahrrad, sprang auf und raste zum Neubaugebiet. Erst als ich abstieg, bemerkte ich, wie laut und verzweifelt ich schluchzte.

Ich wartete nicht auf Adler in dieser Nacht. Ehe er auftauchte, schwang ich mich aufs Rad und sauste bergab zum Zollhaus. Er durfte mich nicht erleben, verwirrt wie ich war und mit meinem verweinten Gesicht. Und es verstrichen vier schreckliche Wochen, bis wir uns wieder begegneten.

Wenn ich mich richtig erinnere, weckte mich gegen drei oder vier Uhr ein Blitz, der den dunstigen Himmel zerriss. Es zuckte und donnerte bis zum Mittag aus schwarzen und giftig gelben Wolken, Wind peitschte den Wald und das Seewasser, eine Ulme vor unserem Hotel krachte um und versperrte den schlammigen Parkplatz. Der endlose Sommer war zu Ende.

Sechs oder sieben Tage nach meiner Mutprobe, als wir im Speisesaal saßen, sagte Bine: »Frau Neubert ist tot.« Vater ließ seine Gabel sinken. »Frau Neubert ist tot? Woher weißt du das?«

»Es steht in der Zeitung«, erwiderte Bine, »jemand hat sie am Ufer gefunden. Sie muss ein paar Tage im Wasser gewesen sein.«

Vater starrte auf seinen Teller.

»Sie hat sich das Leben genommen?«

»Ja, man hat einen Abschiedsbrief gefunden. Sie wolle nicht mehr leben.«

»Und außerdem hatte sie Schulden«, murmelte Vater, »und keine Kunden mehr, seit es das Einkaufszentrum gibt. Abgesehen von unserem Florian, dem treuesten Kunden von Frau Neubert.«

Vater blickte vom Teller hoch und schaute mich an. »Floh, was hast du?«, fragte er voller Sorge, »du bist ja kreideweiß!«

Bis zum Ende der Ferien, Anfang September, lag ich mit hohem Fieber im Bett. Doktor Breitschneider, der sich beunruhigt zeigte, meinte im Treppenhaus zu meinem Vater: »Ich weiß nicht, was es ist, ein Schock, ein Nervenzusammenbruch, nehme ich an. Ruhe, die braucht er am dringendsten.«

»Seltsam, seltsam«, murmelte Vater, »seine Verbindung mit Frau Neubert muss tiefer gewesen sein als ich dachte.«

Stunden verbrachte er an meinem Bett, ja, er vergaß sein Hotel, was ich niemals zuvor erlebt hatte. Wenn ich bei klarem Verstand war, bat ich: »Papa, lass mich allein.« Ich hatte ja furchtbare Angst, in einem fiebrigen Traum zu sprechen und mein schlimmes Geheimnis zu verraten.

Es muss Ende September gewesen sein. Ich hockte im Garten beim Kirschbaum, setzte mir meine Kapuze auf, als es zu nieseln begann, und bemerkte Adler nicht, der sich vom Seeufer anschlich.

»Du willst nichts mehr von mir und der Bande wissen, hab ich Recht?« Ich fuhr heftig zusammen, als er sich neben mich fallen ließ.

»Verschwinde aus unserem Garten«, zischte ich.

»Trotz deiner Mutprobe willst du nichts mehr von uns wissen. Schade, schade!«

Ich stand auf, um zu gehen, und er hielt mich am Anorak fest.

»Du bist mir etwas schuldig, Florian. Du wolltest deine Ohren aufsperren, wegen Bine, erinnerst du dich?«

Fassungslos starrte ich Adler an. Nach allem, was passiert war, dachte er an seine dumme Verliebtheit.

»Bine ist in einen andern verliebt«, erwiderte ich und Adler schien nicht besonders betroffen oder erstaunt.

»Ich weiß«, sagte er nach einer Pause, »und kannst du mir verraten, in wen?«

»In Doktor Breitschneiders Sohn.«

»Das stimmt«, Adler nickte, »ich habe sie vor ein paar Tagen beobachtet. Sie hockten in seiner Ente und knutschten sich ab.«

Zornig stampfte ich auf. »Und warum fragst du mich aus, wenn du eh alles weißt?«

»Es war bloß ein Vorwand, zugegeben. In Wirklichkeit wollte ich dir etwas sagen.« Er stellte sich vor mich, legte mir seine Hand auf die Schulter und schaute mich eine Weile nachdenklich an: »Du hast deine Mutprobe nicht bestanden. Verstehst du? Du hast nicht getroffen. Mit geschlossenen Augen kann man nicht zielen, mein Lieber, das wird einfach nichts.« Er drehte sich um und verschwand, ohne Eile und pfeifend, im lausigen grauen Regen.

Jefferson Chase

Europa

Der Profi stand an der Freiwurflinie. Auf der riesigen Digitaluhr waren es nur noch drei Sekunden bis zum Spielende. Die anderen – Bill Walton, Dr. J, George »Iceman« Gervin, Kareem Abdul-Jabbar – stellten sich in zwei Reihen zu beiden Seiten. Vielleicht würde er daneben werfen. Unwahrscheinlich. Die Freiwurflinie lag zwar etwas schräg, zwanzig Zentimeter oder so rechts zum Korb, aber daran hatte sich der Profi gewöhnt. Seine Freiwürfe traf er. Und wenn er sie nicht traf, arbeitete er sich durch die anderen, holte selbst den Ball und machte ihn so oder so rein. Denn der Profi war unglaublich. So gut die anderen auch waren, jeder wusste, dass er das Spiel in der Entscheidungsphase bestimmen würde. Er war einfach besser, hart gesotten, abgebrüht. Er war der Star.

Das Einzige, wovor er sich hüten musste, war, den Ball nach links zu verschießen. Wenn das geschah, sprang der Ball scharf rechts ab, so dass selbst der Profi nicht immer schnell genug war, ihn zu fangen. Der Ball rollte dann den steilen Rasenabhang hinab, fiel einige Meter die Steilküste hinunter, prallte unten auf die Felsbrocken, sprang wieder hoch, beschrieb einen schönen, großen Bogen und landete mit einem Plopp im Meer.

Hier in der Gegend war nur Steinküste, vor Millionen von Jahren, das wusste er, hatte es Erdbeben gegeben, ein Teil des Landes, ganze Berge sogar, waren ins Wasser gesunken. Der Profi hasste das Meer. Reinspringen konnte man nicht, nur dastehen und hilflos zugucken, wie der Ball dann forttrieb, weg an den kleinen unbewohnten Inseln vorbei, Richtung Europa. Also, sagte er sich, während er den Ball in Vorbereitung auf den Freiwurf tätschelte, wenn du merkst, dass du zu weit nach links geworfen hast, spring nach rechts. Es wäre schade, ein wichtiges Spiel für unentschieden erklären zu müssen, weil man keinen Ball mehr hatte.

»Spielst du immer noch? Komm doch rein. Wir wollen essen«, sagte die Mutter.

»Ja, lass mal ein bisschen Leder an deinem Ball, Sporty«, sagte der Vater.

Sein Vater nannte ihn gern Sporty. Das hasste er. Er hatte doch einen Namen. Walton, Gervin, Jabbar, alle wussten, wie er hieß, das hatten sie am eigenen Leib erfahren, der Name wurde über den Lautsprecher im Stadion gebrüllt, wenn das Spiel vorbei war und sie wieder mit gebeugten Köpfen den Platz verlassen mussten. Nur die Eltern schienen den Namen manchmal zu vergessen. Aber die waren sowieso ziemlich blöd.

»Ich bin beschäftigt«, sagte der Profi.

»Fünf Minuten«, sagte der Vater. »Sonst gibt's Ärger.«

Nach der Unterbrechung musste sich der Profi wieder konzentrieren. Konzentration, das wusste er, war der Schlüssel zum Erfolg. Man musste an nichts denken, außer an den Korb. Nicht an die anderen, nicht an die Zuschauer, besonders nicht daran, wie wichtig das Spiel war. Nur an den Kreis da oben, an die runde Öffnung durch das Eisen. Und an das Rechtsspringen, falls man merkte, dass der Ball verschossen war. Man musste mental einen Tunnel durch die Welt bauen. Alles andere ausblenden.

Der Profi kontrollierte, ob die Nähte am Ball parallel zum Boden waren, damit dieser sich langsam rückwärts drehen würde, sobald er die Hand verließ. Er ging leicht in die Knie, nicht zu weit, nur so. Der Arm erhob sich gerade, der Ellbogen direkt unter dem Ball. Das Handgelenk klappte runter, damit zwei Finger direkt auf den Korb zeigten. »Wie 'ne Schwuchtel«, sagte der Sportlehrer, was auch immer das heißen mochte. Der Ball war schon weg und der Profi wusste, es würde diesmal nicht nötig sein, nach rechts zu springen. Drin war der Ball auch, er berührte nur das Netz und die Hauswand mit den verwitterten Holzschindeln dahinter. Der Korb war eigentlich zu eng an die Wand gebaut, man musste aufpassen, wenn man einen Korbleger machte, nicht gegen sie zu prallen. Das war aber dem Profi jetzt egal. Das Spiel war gewonnen, 198 : 197. Wie üblich donnerte sein Name über den Lautsprecher, das Publikum applaudierte. Er nahm den Ball, schob ihn in die Holzremise hinter der Freiwurflinie und ging hinein.

Die Halbinsel, die eigentlich eine Dreiviertelinsel war, streckte sich wie ein verstauchter Finger ins Meer hinaus. Zehn Zentimeter tief in der Erdschicht stieß man auf Stein wie an der Küste. Dennoch trennten kaum zehn Meter das Haus, wo der Profi wohnte, von den der Nachbarn. Die waren nur im Sommer da. Die meisten Leute, die Häuser auf der Halbinsel hatten, bewohnten sie nur in den Sommerferien, der Profi konnte sonst herumwandern wie er wollte. Manchmal guckte er durch die Fenster der leer stehenden Häuser auf die mit Tüchern und Plastikplanen abgedeckten Möbel. Der Profi mochte den Sommer nicht. Zwar trieben sich mehr Leute herum, aber die meisten waren älter und die, die nicht älter waren, waren fremd, mit denen redete man nicht.

Den Ort überhaupt mochte er nicht. Jeden Morgen musste er zum Festland gehen und auf den Bus warten. Blöderweise war seine Haltestelle eine der ersten, er musste mitfahren, während der Bus die ganze Tour durch das Dorf fuhr und die anderen Schüler einsammelte. Während der Fahrten war dem Profi aufgefallen, wie viele Gebäude es gab, die anscheinend niemandem gehörten. Riesige Scheunen, wie alles in der Gegend aus Holz, mit eingeschlagenen Fenstern und eingestürzten Dächern. Der Vater hatte ihm einmal erzählt, in dem einen Gebäude sei eine Tanzhalle gewesen, in dem anderen eine Rollschuhbahn. Warum es solche Einrichtungen nicht mehr gab, hatte er gefragt, aber der Vater hatte nur geantwortet, damals sei das Dorf ganz anders gewesen.

Meistens kamen sie eine Viertelstunde vor neun in der Schule an, man konnte ein paar Korbleger schießen. Um neun ging es aber rein in die Langeweile. Die Lehrerin erzählte etwas, die anderen waren zu dumm, um es zu begreifen, alles musste mehrmals wiederholt werden, man wurde angebrüllt, wenn man nicht zuhörte, selbst wenn man die Wiederholungen nicht brauchte. Der Sportunterricht wäre annehmbar gewesen, wenn der Sportlehrer nicht darauf bestanden hätte, dass die Mädchen mitspielten. Abgesehen von den paar wenigen, die groß und schnell genug waren, um mitzuhalten, standen sie doof herum und verhinderten jedes vernünftige Spiel. Richtig spielen, ohne die Mädchen, konnte man allein während der Pausen. Manchmal dachte der Profi, es wäre gut, mit den anderen zu trainieren, man merkte, dass man zusätzliche Fähigkeiten entwickelte, wenn man sich messen musste, außerdem machte es mehr Spaß, einen realen Gegner zu schlagen. Aber die anderen wohnten zu weit weg von der Halbinsel, als dass er sich mit ihnen hätte treffen können.

In der Zeit, in der er nicht trainierte, war er ein eifriger Leser. Bis auf die Sportsendungen fand er Fernsehen doof, Bücher aber mochte er, unter anderem, weil man selbst bestimmen konnte, wie schnell man las. Er hatte alles, was es in dem Haus an Büchern gab, mehrmals gelesen. Der *Hobbit* hatte ihm zum Beispiel sehr gut gefallen, aber er las auch oft in den alten Enzyklopädiebänden, die die Eltern auf einem Flohmarkt gekauft hatten. Nicht jeder Eintrag interessierte ihn, aber es gab auch welche, die er immer wieder las. Der Enzyklopädie verdankte er das Wissen, dass die Bälle, wenn sie wegschwammen, am Ende in Europa ankommen würden, wo alles ganz anders aussah. Einer seiner Lieblingseinträge war der über den Zweiten Weltkrieg. Die verschiedenen Kampfflugzeuge waren da abgebildet sowie die Uniformen der Alliierten und Achsenmächte und man konnte an Hand einer Reihe von Landkarten verfolgen, wie sich die Fronten verschoben, wie das deutsche Reich erst riesig wurde, dann zusammenschrumpfte. Wie bei einem Basketballspiel, in dem die eine Mannschaft erst weit in Führung ging, nur um von einem Comeback der anderen Mannschaft überraschend eingeholt zu werden. Doch hatte man eine gewisse Zuversicht in Bezug auf das eigene Team. Egal wie oft er den Eintrag las, siegten die Alliierten.

In der Regel verstand er das, was er las. Eine der wenigen Ausnahmen war eine Stelle aus dem Buch *Der Pate* von Mario Puzo, das seine Eltern als Geschenk von einem der Sommerferienmenschen bekommen hatten: Seite 20, die Szene, in der der Sohn des alten Paten heiratet, sich aber zuvor mit einer der Brautjungfern in einem Zimmer trifft. Er war zwar fasziniert von der Szene und hatte das Gefühl, etwas Wichtiges und Spannendes zu verpassen, aber selbst nachdem er die Wörter nachgeschlagen hatte, die er nicht kannte, ergab das Beschriebene keinen Sinn. Brautjungfern waren die besten Freundinnen der Braut, die während der Zeremonie neben ihr standen und die Blumen hielten, mit dem Bräutigam hatten sie nichts zu tun. Schließlich musste er die Stelle überspringen, damit er überhaupt weiterkam. Den Rest der Geschichte der Familie Corleone verstand er sehr wohl und er fand, nachdem er die Lektüre beendet hatte, dass *Der Pate* sicherlich zu den besten Büchern gehörte, die je geschrieben worden waren.

Eines Tages, als der Profi in Vorbereitung auf ein

wichtiges Spiel seinen Hakenwurf übte, erschien ein Mann vor dem Haus. Er war Mitte fünfzig, trug eine Khakihose mit Sporthemd und hatte eine riesige sonnengebräunte Nase und einen Beagle. Er stellte sich als Bill Drummond vor, der Hund, sagte er, heiße Harry. Ob der Vater zu sprechen sei. Der Profi konnte sich vage erinnern, dass dieser Mann sich vor kurzem eins der kleineren Häuser gekauft hatte, weiter unten auf der Buchtseite der Halbinsel. Er nickte mit dem Kopf, der Mann verschwand ins Haus. Die Hakenwurfübungen wurden fortgesetzt, und nachdem er fünfmal hintereinander getroffen hatte, begann das Spiel. Es war spannend, der Gegner ging schnell in Führung, bevor aber die Wende eintreten konnte, kamen sein Vater und der Mann aus dem Haus und stellten sich aufs Spielfeld.

»Leg den Ball zur Seite, Sporty«, sagte der Vater. »Bill hat einen Job für dich. Du gehst bitte mit ihm.«

Der Profi versuchte klar zu machen, dass er beschäftigt war, dass die beiden ein wichtiges Spiel unterbrechen würden, aber der Vater verstand nicht, während Bill Drummond mit den Augen zwinkerte und meinte, genau ums Spielen ginge es. Der Profi musste mit ihm und seinem Hund ins Auto steigen, einen alten Ford-Kombi mit Holzverkleidung an den Seiten. Sie fuhren zum Baumarkt, und während der Fahrt fragte Bill Drummond, ob er schon in einer Mannschaft spiele und was sein Lieblingswurf sei. Der Profi beantwortete die Fragen, um nicht unhöflich zu sein, war aber genervt. Quatschen war nicht Spielen. Beim Baumarkt musste er dem Mann helfen, fünfzig Sandsäcke ins

Auto zu laden. Harry blieb auf der Rückbank und hechelte. Dann fuhren sie zurück auf die Halbinsel, wo sie vor dem leer stehenden Gebäude auf dem Grundstück neben dem Haus der Drummonds parkten.

»Weißt du, was das ist?«, fragte Bill Drummond. Er zeigte auf eine eingezäunte Fläche, die mit einer durch Steine und Holzbalken festgehaltenen Plane bedeckt war.

Der Profi wusste, dass es der alte Tennisplatz war. Sein Vater hatte ihm erzählt, dass das Gebäude früher eine Art Freizeitzentrum oder Clubhaus gewesen sei. Und? Die Anlage war seit Jahren nicht benutzt worden, der Profi hatte nie jemand auf dem Platz oder im Gebäude gesehen.

»Wir bringen das jetzt in Ordnung«, sagte Bill Drummond.

Es war schwierig, den Platz aufzudecken. Die Plane lag schon so lange da, dass sie von allein ohne die Steine und Bretter auf dem Boden haftete, Tausendfüßler und andere Insekten krochen in jede Richtung, als es dem Profi endlich gelang, die Abdeckung hochzuziehen. Eklig. Und das war nur der Anfang. Die Fünf-Kilo-Sandsäcke mussten aus dem Auto getragen und auf dem Platz verstreut werden. Der Boden sah nach all den Jahren wie ein ausgetrocknetes Flussbett aus, uneben, hart, rissig. Wichtig war es, sagte Bill Drummond, dass ein Sandplatz immer genug Wasser bekam, sonst wurde er unbespielbar. Als die erste Sandschicht verteilt war, bespritzte er sie mit einem langen grünen Schlauch. Dann wurde die verrostete Walze, die immer an dem Gebäude gelehnt hatte, geölt, und der Profi musste das tonnenschwere Ding hinter sich herziehen, hin und her, wo auch immer Bill Drummond meinte, der Boden sei noch zu wellig. Anschließend tränkte sein Arbeitgeber den Platz gründlich mit Wasser, eine Stunde später musste die komplette Prozedur wiederholt werden. Zu guter Letzt fegte der Profi den Platz und nagelte Plastiklinien darauf, die das Spielfeld markieren sollten.

Als Bill Drummond ihn nach Hause brachte, war er zu müde, um das Basketballspiel wieder aufzunehmen. Er mochte Tennis nicht. Obwohl er diese Sportart aus dem Fernsehen kannte, hatte er sich nie dafür interessiert. Das Spiel wurde zu oft unterbrochen und die Spieler benahmen sich übertrieben höflich und trugen lächerliche weiße Outfits, die Frauen sogar Röcke. So was konnte man nicht athletisch nennen. Während Bill Drummond mit dem Vater in der Küche saß und Bier trank, nahm er den Enzyklopädieband »T« mit in sein Zimmer, wurde aber nicht klüger. Da standen neben einem gezeichneten Bild mit Pfeilen, die die Länge und Breite eines Tennisplatzes angaben, nur einige Hintergrundinformationen, wie zum Beispiel, dass der Sport von König Gustavus Adolphus aus Schweden erfunden worden sei. Was hatte ein Schwedenkönig mit ihm zu tun? Genauso wenig wie das Meer, die Halbinsel, das Haus, die Schule.

Am nächsten Tag tauchte Bill Drummond mit einem alten Holzschläger auf. Er zeigte dem Profi, wie er den zu halten hatte, wie man bei Vor- und Rückhand das kleine V zwischen Zeigefinger und Daumen am Griff bewegte, als ob man beim Motorrad Gas geben würde.

Wie man sich beim Schlag nicht frontal, sondern seitlich zum Netz stellte und das Gewicht von hinten nach vorn verlagerte, damit die ganze Körperkraft eingesetzt wurde. Dann schlugen sie Bälle auf dem restaurierten Platz, bis der Profi die filzige weiße Kugel im Spielfeld halten konnte. Am Ende der Stunde schenkte ihm Bill Drummond den Schläger. Allerdings sollte er sich nicht zu sehr dran gewöhnen. Obwohl er jede Menge zu lernen hätte, Aufschläge, Volleys, Stopbälle, Topspin und Backspin, würde er bald einen besseren brauchen. Sagte Bill Drummond. Der Beagle Harry sagte nichts, beobachtete bloß das Geschehen mit rausgestreckter Zunge und traurigen Augen. Der Profi war begeistert.

Bill Drummond hielt sein Versprechen, ihn in die königliche Sportart einzuweihen. Der ehemalige Werftarbeiter mit dem abgenutzten Rücken war mit seiner Frau ins Dorf gezogen, sobald der letzte seiner drei Söhne angefangen hatte zu studieren. Er wollte raus aus der Stadt und weg von der Arbeit, wie er sagte, aber doch am Meer bleiben. Der Profi konnte diese Entscheidung nicht nachvollziehen, freute sich aber darüber. Die Tür zu Bill Drummonds Haus stand meistens offen, zusammen mit ihm aß er Erdbeeren mit Sahne und sah sich sein erstes spannendes Duell zwischen Björn Borg und John McEnroe an. Er war für den eiskalten blonden Schweden, Bill Drummond für den kraushaarigen, hitzigen Amerikaner. Wie das wohl wäre, auf dem Rasenplatz da drüben zu spielen, vor den höflich klatschenden Zuschauern in ihren Strohhütchen und Krawatten? Der Profi würde es erleben. Er spielte mit dem Vater, mit der Mutter, die er beide mühelos schlagen konnte, und so oft wie dessen Frau es zuließ, mit Bill Drummond. Bill Drummond konnte er nie schlagen, obwohl er immer mehr Punkte machte. Einmal, nachdem er sich über ein knapp verlorenes Spiel besonders geärgert hatte, fragte ihn Bill Drummond: »Willst du etwa, dass ich dich gewinnen lasse?« Der Profi wusste, was eine rhetorische Frage war. Er hörte auf, sich zu ärgern. Bill Drummond nannte ihn nie »Sporty«. Bill Drummond benutzte immer den Namen, der auch bald in gedämpften Tönen über die Wimbledon-Lautsprecher kommen würde.

Als im Hochsommer die Häuser auf der Halbinsel wieder bewohnt waren, wurde das Haus der Drummonds zum Treffpunkt. Die Männer saßen auf der Picknickbank neben der Garage und schauten den Booten in der Bucht zu, die Frauen versammelten sich in der Küche an dem kleinen Esstisch. Auch der Vater und die Mutter. Da besprachen sie unter anderem die Pläne für das Clubhaus. Reparaturarbeiten am Dach sollten vorgenommen, die Spinnennetze und der Staub im Bankettraum weggeputzt, die kaputten Möbel aus der anliegenden Küche und kleinen Wohnung entfernt, die Wände überall neu gestrichen werden. Einen Teil dieser Arbeit musste der Profi verrichten, obwohl er die Zeit lieber für sein Training genützt hätte. Selbst wenn nicht an dem Clubhaus gearbeitet wurde, war es nicht immer möglich, vernünftig zu trainieren. Manchmal ging er mit seinem Holzschläger auf Verdacht bei den Drummonds vorbei. Wenn er sah, dass andere auf der Picknickbank saßen oder gar auf dem Platz spielten, kehrte er zornig zurück und übte seine Freiwürfe und Korbleger. Oder er musste den ganzen Tag warten, bis kurz vor Sonnenuntergang, um eine Stunde zu bekommen. Es war nicht leicht, unter solchen Umständen Fortschritte zu machen. Aber er machte Fortschritte, das merkte er, und die waren vielversprechend. Am Ende des Sommers hatte er sogar einen Satz gegen Bill Drummond gewonnen.

Die zwei Sportarten ergänzten sich gut. Basketball konnte man allein üben, bei Tennis hatte das bis auf den Aufschlag wenig Sinn. Andererseits verlor man viel seltener die Tennisbälle im Meer, und wenn doch, waren sie viel billiger zu ersetzen. Dazu überschnitt sich die Profisaison der Tennisspieler kaum mit der der Basketballer. Die Vorrunden der French Open fingen just zu dem Zeitpunkt an, als die NBA-Play-offs vorbei waren. Das einzige Problem waren die verdammten Australian Open, denn dieses Turnier, ohne das man keinen Grand Slam gewinnen konnte, fand Mitte Januar statt, weil die Jahreszeiten in den Ländern der südlichen Hemisphäre umgekehrt waren. Warum das so war, wurde aus der Enzyklopädie ersichtlich, aber das Wissen half nicht, den Terminkonflikt zu lösen. Entweder seine Basketballmannschaft würde ihn für den Januar freistellen müssen, oder vielleicht könnte er mit der Concorde hin- und herfliegen. Der Profi hatte immer fliegen wollen, am besten gleich mit der Concorde. Bis er so weit war, seine Sportlerkarriere aufzunehmen, würde hoffentlich auch die Strecke nach Australien existieren.

Die neuen Bälle, die im darauf folgenden Jahr auf den Markt kamen, waren gelb. Sie sollten höher springen und länger halten. Trotzdem mochte sie der Profi nicht. Er fand sie hässlich, konnte nicht verstehen, wieso diese Sportart, bei der man sich ausschließlich weiß zu kleiden hatte, so eine Geschmacklosigkeit zuließ. Das verletzte doch die Tradition. Diese neuen Bälle waren schuld daran, da war er sich sicher, dass das Undenkbare passierte und John McEnroe Björn Borg im Wimbledon-Finale schlug. Der Profi hatte alle fünf Sätze zusammen mit Bill Drummond und seinem jüngsten Sohn angesehen, es lief alles wie gewohnt bis zu dem entscheidenden fünften Satz, den Borg immer gewann. Aber Borg gewann nicht. Er gab den eigenen Aufschlag ab, bei dem des Gegners gelang ihm kein Ausgleich. Es war helllichter Tag, als der Profi das Haus der Drummonds verließ, aber ihm war, als ob er direkt in eine Sonnenfinsternis hineingeschritten wäre.

Auch auf dem eigenen Platz lief nicht mehr alles rund. Die Sommerbewohner der Halbinsel und einige Leute aus dem Dorf hatten im Frühling einen Verein gegründet. Fortan kostete das Spielen Geld, die Öffnungszeiten wurden geregelt; um Stunden zu reservieren, musste man sich einen Tag vorher in eine Liste eintragen und nach Spielschluss wurde die Tür zum Platz mit einer Eisenkette verriegelt. Trotzdem war der Tennisplatz beliebt wie nie zuvor, ein Turnier wurde geplant und ein Platzwart eingestellt, der in der kleinen Wohnung im Clubhaus wohnte. Da er außer Bill Drummond, der nicht immer zur Verfügung stand, keinen regelmäßigen Partner hatte, war es schwierig für den Profi, sich Spiele zu organisieren. Manchmal hing er den ganzen Tag am Platz herum, in der Hoffnung, einer von den Eingetragenen würde seinen Termin vergessen, sodass er, der Profi, in der letzten Minute als Ersatz einspringen konnte. Er hatte zwar wenig übrig für die meisten Mitglieder im neuen Verein, aber es war besser, mit denen zu spielen, als gar nicht. Viel Zeit zum Üben war nicht drin, was ein Problem bereitete, weil er den Topspin-Aufschlag mit Kick immer noch nicht richtig draufhatte, und den brauchte er unbedingt für die Zukunft.

Was ihn aber am meisten störte, waren die Studenten, die jetzt oft abends da waren. Denn der Platzwart war Bill Drummonds Sohn, der sich schnell mit den anderen gleichaltrigen Söhnen und Töchtern der Sommerfamilien auf der Halbinsel befreundet und das Clubhaus in eine Art privaten Partyraum verwandelt hatte. Der Sohn hieß Bill Junior, aber jeder nannte ihn Scuzball. Er hatte lange Haare, rauchte Joints und trug immer schwarze T-Shirts mit den Worten »Yes« und »Rush« in glitzernden runden Buchstaben. Der Profi wusste, dass das die Namen von Rockbands waren, kannte sie aber nicht, bis dahin hatte er keine Zeit gehabt, sich mit Musik zu beschäftigen. Scuzball war eigentlich okay, wenn die anderen nicht dabei waren. Manchmal durfte der Profi eine halbe Stunde länger als erlaubt seinen Aufschlag üben, so lange er versprach, den Platz nachher zu bewässern und glatt zu walzen. Ab und zu, wenn der Platz leer war, erklärte sich Scuzball sogar bereit, selbst ein paar Sätze zu spielen. Das war ein Genuss, denn Scuzball war ein sehr guter Tennisspieler und der Profi machte es sich zum Ziel, bis zum Sommerende auch gegen ihn einen Satz zu gewinnen. Dass sie zusammen spielten, war aber die Ausnahme. Sobald die Studenten auftauchten, wurde Scuzball wieder zum Platzwart. »Okay, genug für heute, Sporty. Geh endlich mal nach Hause«, sagte er. Der Profi hörte dann, wie Scuzball seine Musik aufdrehte und wie seine Freunde und Freundinnen Bierflaschen öffneten, sich zuprosteten, lachten und sangen. Manchmal lachten sie auch über ihn.

Bill Drummond meinte, er solle nicht klein beigeben. Es sei vorteilhaft, gegen Bill Junior zu spielen, selbst wenn er immer dabei verlor und sich blöde Bemerkungen wegen seines Alters anhören musste. Letztendlich seien sie doch alle »gute Kids« und er würde eine Menge dabei lernen. Bill Drummond hatte bestimmt Recht. Schließlich hatte es was zu bedeuten, wenn er gegen einen, der acht Jahre älter war, gewann, sei es auch nur einen Satz, und der Profi war selbst überrascht, als er sogar das Viertelfinale im Clubturnier erreichte. Es gab jedoch diese Abende, an denen er spielen wollte, aber Angst vor den Studenten bekam, die möglicherweise auf der Veranda herumlungern würden, langhaarig und halbnackt, rauchend, trinkend und lachend. Er ließ es dann und übte zu Hause seine Würfe. Oder er marschierte zum Tennisplatz durch seinen Konzentrationstunnel, an nichts anderes denkend, als dass er üben sollte, er konnte immer umkehren, wenn er aus der Entfernung die lachenden, singenden Stimmen hörte.

So war es eines Abends im August, als er den Weg über die Halbinsel runterging, um seinen Kickaufschlag zu üben. An solchen brennend heißen Tagen, das wusste er aus Erfahrung, war der Platz am ehesten frei. Als er an den Drummonds vorbeiging, horchte er nach Stimmen und Ballwechseln und war erfreut, nichts zu hören. Wo keine Geräusche waren, war keiner, der den Platz reserviert hatte, auch keine Studenten auf der Veranda, die seine Übungen kommentieren würden. Auf der anderen Seite der Hecke, die das Grundstück der Drummonds von dem Clubhaus trennte, war tatsächlich keine Menschenseele, der Platz war leer, die Veranda war leer, selbst die amerikanische Flagge, die laut Vereinsordnung jeden Morgen aufzuziehen war, fehlte. Am Zaun entdeckte der Profi aber, dass die Tür zum Platz mit der Kette verriegelt war. Es war halb acht, eigentlich hatte man laut regulärer Öffnungszeiten noch dreißig Minuten bis zum Spielschluss. Er rief nach dem Platzwart, vielleicht würde Scuzball einen Satz spielen wollen, aber es kam keine Antwort.

Auf der Veranda entdeckte er, dass auch die Tür zum Clubhaus verschlossen war. Vielleicht war ja niemand da. Um sicher zu sein, ging er um das Haus herum. An der einen Seite standen die alten Möbel, die früher im Gebäude gelagert worden waren, aufgestapelt an einem Baum unter einer Plastikplane. Es war eine Mordsarbeit gewesen, die Wohnung zu entrümpeln und die Sachen herauszutragen. Die Fenster zu Scuzballs Wohnung standen alle offen. Vielleicht war er doch da. Der Profi legte seinen Schläger ins Gras und kletterte auf den Möbelhaufen hinauf.

Durch die offenen Fenster konnte er in die Wohnung sehen. Scuzball saß ohne Hemd auf seinem Bett und fummelte an dem BH einer Studentin herum, die regelmäßig auf der Veranda auftauchte. Es war schwierig, solche Verschlüsse selbst zu schließen, das wusste der Profi, denn seine Mutter hatte ihn einmal beim Anziehen eines Abendkleids um Hilfe gebeten. Die Studentin wollte aber den BH nicht anziehen. Von hinten sah er, wie sie die Arme ausstreckte, damit die beiden Träger heruntergleiten konnten. Scuzball fummelte der Studentin an der Brust, die Studentin fummelte auch mit ihrer Hand, nur an was, das passierte zu tief, als dass er es sehen konnte. Das ging noch ein paar Minuten, dann mit einem Rutsch waren die beiden Fummler weg. Nur ein bisschen weiße Haut von der Studentin blieb sichtbar über der Kante des Fenstersims. Er kletterte runter.

Der Profi schraubte den langen Schlauch von dem Hahn an der Clubhauswand ab und legte ihn, zusammengerollt, auf den Möbelhaufen. Jetzt war seine Plattform hoch genug, damit er sehen konnte, was die beiden in der Wohnung trieben. Er wusste nicht, warum, aber er hätte das Gefühl gehabt, etwas zu verpassen, wenn er einfach nach Hause gegangen wäre. Die Studentin hatte einen ziemlich breiten Hintern, Scuzballs Hände an ihren Pobacken machten ihn noch breiter, der Profi konnte sehen, wie dunkel ihr Arschloch und die dicht behaarte Stelle direkt darunter waren. Da war auch Scuzballs Pimmel. Unglaublich groß und eklig. Aber auch wiederum gar nicht eklig, im Gegenteil. Plötzlich musste er an Sonny Corleone und die Brautjungfer auf der Seite 20 aus *Der Pate* von Mario Puzo denken. Er hatte diese Szene nie begriffen, doch jetzt, wo er etwas Ähnliches vorgeführt bekam, wusste er, was der Autor gewollt hatte, und er ahnte, dass er irgendwie einen Fortschritt machte.

Der Schrei der Studentin überraschte ihn so sehr, dass er sich nicht verstecken konnte. Wie gelähmt, schaute er zu, wie der Arsch der Studentin plötzlich weg war und Scuzballs Gesicht im Fenster erschien.

»He, du kleiner Wichser, was spannst du da rum? Wenn ich dich zu fassen kriege, Sporty … du spielst nie wieder auf diesem Platz.«

Scuzballs Stimme klang richtig böse, tausendmal hässlicher als die des Platzwarts, der ihn lachend nach Hause schickte. Nichts wie weg. So groß war seine Eile, dass er fast vergaß, den Björn-Borg-Tennisschläger von Donnay mitzunehmen, den er zu Weihnachten von den Eltern geschenkt bekommen hatte und in Wimbledon benutzen wollte. Er rannte so schnell er konnte, reagierte nicht auf Harrys Bellen und das Hallo der Drummonds, blickte nicht mal über die Schulter, sondern konzentrierte sich darauf, möglichst alles, was in seinen Beinen steckte, einzusetzen. Erst vor seinem Haus hörte er auf zu rennen. Wenn er hineinging, würde Scuzball es sicherlich nicht wagen, ihm zu folgen. Oder vielleicht doch? Das wäre eine Katastrophe. Er blieb also auf der Straße, schwer atmend, die Augen fixiert auf die Kurve oben auf dem kleinen Hügel.

Nach etwa einer Viertelstunde glaubte er, dass Scuzball sich nicht mehr blicken lassen würde, zumindest heute Abend nicht. Sein Atem hatte sich beruhigt, er konnte eigentlich hineingehen. Ein ungutes Gefühl hatte sich aber ausgebreitet. Sicherlich stand es ihm ins Gesicht geschrieben, dass er etwas verbrochen hatte, auch wenn er nicht wusste, was genau. Warum hatte er nicht auf seine Angst vor den Studenten gehört, die ihm gesagt hatten, dass er lieber zu Hause seine Würfe üben sollte? Alles wäre so wie immer geblieben. Statt des unguten Gefühls hätte er die Freude seines üblichen, wenn auch imaginären Triumphes gehabt. Warum hatte das nicht gereicht? Jetzt stand er auf der Straße vor seinem Haus und konnte nichts machen. Jemals wieder zu den Eltern reinzugehen, das verstand er auf einmal, war unmöglich.

In seiner Verzweiflung holte er den Basketball aus der Holzremise. Vielleicht, wenn er diesmal nicht fünf, sondern zehn Freiwürfe hintereinander traf, würde das ungute Gefühl verschwinden und seine alte Selbstsicherheit, ja Abgebrühtheit wiederkehren. Eine solche Leistung war schon etwas wert. Ob sie ausreichen würde, sein Verbrechen zu büßen, wusste er nicht, jedenfalls wäre es ein Zeichen des guten Willens, das müsste zählen, oder? Er stellte sich an die Freiwurflinie und versuchte, sich auf seine Technik zu konzentrieren. Gewicht verteilt auf beide Beine, Arm gerade, Ellbogen direkt unter dem Ball, leicht in die Knie, die Schwuchtel mit dem Handgelenk obenauf, der Ball weg. Alles andere vergessen. Bei aller Konzentration aber konnte er das Bild von der Studentin und ihrem breiten Arsch, noch breiter gemacht von Billy Drummonds Händen an ihren Pobacken, nicht ausblenden. Die Katastrophe war passiert, bevor er sich überhaupt zusammenreißen konnte.

Der Ball, einen Tick nach links verschossen, traf das Eisen auf der inneren Kante und sprang, den Regeln der Physik folgend, schräg rechts ab. Nicht mal den Asphalt, den der Vater vor dem Haus gelegt hatte, berührte er, sondern er kam erst auf dem steilen Rasen zu Boden. Zweimal hüpfte er flach, dann fünf Meter in die Luft, als er gegen die Steinbrocken kam. Mit etwas Glück sprang der Ball zurück oder landete in einem der Salzwasserbecken, wo man hinabklettern und ihn zurückholen konnte. Diesmal nicht. In einem schönen weiten Bogen flog der Ball über die letzten Felsnasen und fiel mit einem Plopp ins Meer. Der Profi war hinterhergerannt, konnte aber nichts machen, außer am Rand der Klippe zuzusehen, wie der Ball unendlich langsam wegtrieb. Irgendein Kind in Irland oder Belgien würde ihn am Strand finden und sich wundern. Scheiß-Europa. So würde er niemals der Star werden. Das Meerwasser hatte ein tiefes, abendliches Blau angenommen, das kaum von dem des Himmels zu unterscheiden war. In dem Augenblick wurde ihm klar, dass auch er unbedingt von hier wegkommen musste.

Michael Wildenhain

Kunststück

Wenn Günter in den Wald ging, hat er mich anfangs immer abgehängt. Er hatte geübt zu verschwinden. Obwohl ich beinahe aufgegeben, mich schon damit abgefunden hatte, bin ich ihm auf den Fersen geblieben. Die Lichtung fernab des Flusses, da habe ich ihn entdeckt.

Ich hab ihn lange beobachtet. Oft früh am Morgen, im Frühtau zu Berge. Gab keine, nur Hügel. Zuerst hab ich gedacht, er treibe Schabernack.

Er hat manchmal die Sachen von Mädchen getragen, wohl weil es die einzige Sportkleidung war, die er im Lager bekommen konnte. Seine eigenen Turn- und Trainingshosen hatte er noch auf der Reise, bei der Bombardierung verloren. Sah ihm ja niemand zu beim Üben. Hat er zumindest gedacht.

Und wenn er später bei einer Übung ins tiefere Wasser gefallen ist, sind trockene Sachen auch günstig gewesen. Oder vielleicht hat er mit den Anziehsachen unterschiedliche Kostüme für verschiedene Nummern, verschiedene Auftritte ausprobieren wolln.

Hat die Hemden, Trikots und Leibchen, die Keilhosen und die Trainingsanzüge sicherlich denen weggenommen, die sich beim Frühsport sowieso von Anfang an gedrückt hatten. Mich haben die Kostüme nicht gestört.

Es ist keine große Lichtung gewesen, auf der Günter, fern von allen andern, geübt hat. Und Teile der Wiese lagen im Schatten, dem Günter, wenn er übte, meistens auswich.

Den Bach meinte ich spürn zu könn'n. Die Luft hat nach Feuchtigkeit geschmeckt. Vielleicht wegen der Nähe des kleinen, dunklen Sees, der in der Mitte verblüffend tief gewesen ist und den ich erst später entdeckt hab. Wenn Günter nicht dort war, mied ich die Gegend. Ich folgte meinem Bruder über Wochen.

Das Gras wuchs auf der Lichtung hoch. Er hat darin eine kreisrunde Fläche niedergetreten. Ich seh ihn vor mir, umgeben von gelben Blüten, stampfend und bis zu den Knien verdeckt durch die Gräser, Farn und Blumen …

Günter war während des Sommers gewachsen. Schlaksig war er. Und mager. Groß. Ich hatte gar nicht darauf geachtet. Ich war immer die Größere, immer die Größere gewesen. Hat mich gerührt, als er mit nacktem Oberkörper in der blühenden Wiese stand. Nicht wegen der Nacktheit, eher wegen des Ernstes, mit dem er die Vorbereitungen traf.

Abends, wenn er die Lichtung verließ – er hatte den Tag über kaum was gegessen und ich natürlich auch nicht –, war das Licht über den Bäumen … mild. Paulchen hätte das so beschrieben. Es gab auch keinen besseren Ausdruck. Ich bekam keinen Kaffee mehr, weil die Soldaten gegangen waren und weil Paulchen uns mit ihnen verlassen hatte, und mein Kopf war klarer, als ich es mir gewünscht hab.

Manchmal blinzelte Günter. Kniff die Augen zusammen. Kneisterte in meine Richtung. Um einen Baum am Waldrand zu erkennen. Vielleicht. Oder eine entfernte Bewegung im dichten, hohen Gras.

Ich wahrte genügend Abstand. Verhielt mich still und duckte mich tief in die Sträucher. War weg. Schneebeeren gab es und Hasel und Farne am Ufer des Bachs. Günter hatte sich einen Hut geschneidert, einen mit einer Fasanenfeder, und wechselte die Kostüme.

Das Sportzeug der Mädchen verbarg er in zwei beieinander liegenden Brunnenschächten. Ich hab's mir sogar angesehn. Er trug ein Trikot oder beugte sich, bekleidet nur mit einem Leibchen und viel zu knappen Keilhosen, an einer stillen Stelle des Bachs über sein Spiegelbild, er lachte dem Gegenüber zu, während ich zwischen den Brombeeren saß und mich beherrschen musste, weil ich nicht lachen durfte.

Anfangs übte Günter mit unreifen Äpfeln.

Es ist ihm, so lange ich in seiner Nähe war, nie gelungen, mehr als drei in der Luft zu halten. Bemüht, keine der Kugeln fallen zu lassen, wanderte seine Zunge zwischen den Zahnreihen hin und her. Vor Anstrengung begann er hin und wieder zu schielen.

Vom Bach her wehte ein dünner Wind. Die Wiese roch nach wilder Kamille. Und während die Äpfel, die er zu Beginn nach wenigen Würfen ungelenk ins Gras fallen ließ, mit jedem Durchgang höher stiegen, schien es, als stünden die Jonglierbälle, ehe sie zurück zur Erde sausten, einen Augenblick still in der flirrenden Luft und –

Ich bemerkte die Puppe am Saum des Waldes an dem Tag, als Günter das Jonglieren eingestellt hat und auf dem Seil zu tanzen begann.

Er hatte zwei Pflöcke in den weichen Boden an den Ufern des Bachs getrieben, sie am oberen Ende gekerbt, das Seil, das die Soldaten zum Abschleppen benutzt und bei ihrem Abmarsch vergessen hatten, in die Vertiefungen eingepasst und zwischen zwei Bäume gespannt. Die Bäume, wilde Birnbäume, wuchsen an je einer Uferböschung des Bachbetts.

Die Puppe, eine alte Schaufensterpuppe, die ich vorher eben nie bemerkt hab und von der ich noch heute nicht weiß, woher Günter sie sich beschafft haben mag, lehnte auf einer aus Baumstumpen zusammengestellten Bank. Auch sie trug die Sportkleidung der Mädchen und blickte, der rechte Ärmel eines Trikots hing seltsam leer herunter, zum Stahlseil hinüber, das in der Mitte des Bachs durchhing, dort einen Bauch bildete, und sich im Wind hin und wieder bewegte. Ich hockte seit Tagen am Fuß zweier Föhren, meine Hände haben geklebt, egal wie lange ich sie im Gras oder gegeneinander rieb, vom Harz der wunden Stämme haben die furchtbar geklebt.

Seit Günter nicht mehr jonglierte, nie blieb der vierte Ball in der Luft, wechselte er auch nicht mehr die Kostüme. Nur noch, wenn er in den Bach fiel, zog er sich um. Als alle Sportsachen nass waren, übte er unbekleidet: schmal und groß auf einem Seil in der stillen Landschaft.

Ich hätt ihm ewig zusehen können und ich wünschte mir jedes Mal, es würde ihm gelingen, den Bach auf seinem Seil zu überqueren.

Bevor er loslief, bevor er auf seinem Seil zu tanzen begann – meistens sah es aus, als tanzte das dünne Seil unter ihm –, umschlang Günter einen der Holzbirnbäume mit dem rechten Arm. Immer mit dem rechten, das Seil unter ihm schwankte, und anfangs lief er los, so schnell er konnte. Anfangs kam er grad weit genug, um mit einem Hechtsprung die tiefste Stelle des Bachs zu erreichen, fluchend tauchte er unter und prustend wieder auf.

Noch trug er eine Unterhose, die ihm, einmal nass geworden, weit in die Kniekehlen rutschte und die er am Ufer auswrang. Die er, nach kurzem Zögern, neben der Puppe zum Trocknen auf den Baumstamm legte.

Ich wusste, es war dumm, aber ich hoffte, die Puppe würde, obwohl ihr ein Arm fehlte, klatschen, als Günter die Mitte des Seils endlich erreichte und dort für Momente über dem Wasser zu schweben schien. Beim nächsten Versuch plumpste er, kaum hatten seine Fußsohlen das glänzende Stahlseil berührt, wieder in die Untiefe am sandigen Ufer.

Ich hab mir das Lachen verkniffen, indem ich mir hart auf die Fingerknöchel biss, und hab mich tief ins Gebüsch geduckt. Der Himmel war aus Glas. Und bevor Günter erneut aufs Seil stieg, suchte er sich eine Balancierstange, die er in einem verwilderten Hopfenfeld, hundert Meter den Bach hinunter, dann auch gefunden hat.

Als er den Stamm der Holzbirne das nächste Mal erklomm, glänzten kleine Schweißperlen im ersten Haar unter seinen Achseln. Er legte den Stab, der ihn weit überragte, behutsam auf die Handflächen, tarierte die Stange aus, und ich stellte mir vor, die Zeit bliebe stehen und Günter wäre ein Bild geworden, das – den Stab im Gleichgewicht – ansetzt, über das Wasser hinwegzutanzen, gleitend und schwerelos.

Auch an den folgenden Tagen saß die einarmige Puppe auf der Tribüne, im festen Haar die Blüte einer Kornblume neben dunkelrotem Mohn und bei sich die abgelegte Unterhose von Günter mit ausgeleiertem Gummi. Jeden Morgen zurrte er das Seil mit einem Knebel fester, ohne dass ihm gelang, es derart straff zu spannen, dass das Drahtseil, wenn er es betrat, nicht unter ihm nachgab.

Es war ein Kampf gegen Riesen und Windmühlenflügel, doch jeden Tag richtete Günter, als wäre es ein Startsignal, den Balancierstab lotrecht auf und zielte gegen die Sonne, ehe er ein weiteres Mal den Birnbaum erkletterte. Und jeden Tag lief er mit jedem Schritt in ein tiefer werdendes Tal. Am Wendepunkt angekommen, verharrte Günter einen Moment, bevor er, der Stab schien die Helligkeit über dem Wasser zum Schwingen zu bringen, das Gleichgewicht verlor und in den Bach fiel.

Es gelang Günter nie, den Aufstieg zum anderen Ufer zu schaffen.

Nackt stand er in der Sonne. Schultern und Arme glitzerten vor Feuchtigkeit, während er in der Mitte des Seils, oft sekundenlang, innehielt, manchmal einen Fuß wie zur Probe vorsetzte, bis er den Stab, bebend am Körper, wegwarf und sich, dem Stock nach, in das stille Wasser des angestauten Bachs kippen ließ. Umgeben vom Geruch der Lichtung hab ich in meinem Versteck gekauert und mir gewünscht, mein Bruder möge im Wasser nicht weinen.

Er gab auf, indem er die Balancierstange aus dem nahen Hopfenfeld zerbrach.

Er setzte sich zu der Puppe auf die Bank aus Baumstumpen, wischte ihr die dunkelrote Mohnblume aus dem Haar, legte ihr eine Hand in den Nacken, zog ihren Kopf zu sich heran und hielt sie im Arm. Noch immer nackt, warf er die stumme Zuschauerin in den leisen Bach, der sie davontrug.

Vielleicht hat er den See erst nach einiger Zeit entdeckt oder es schreckte ihn, die Übung auszuprobieren.

Dennoch löste er das Stahlseil von den Stämmen der Holzbirnbäume, zog sich, für den Fall, dass er aus großer Höhe auf die Oberfläche des Sees schlagen würde, mehrere Hemden übereinander und bestieg eine der alten Erlen, die von verschiedenen Seiten weit auf den kleinen See hinausragten. Er befestigte das Abschleppseil hoch oben in der Krone, indem er eine Schlinge um eine Astgabel legte. An die unteren Enden des Seils knotete er ein Stück Holz.

Das Trapez erlaubte es Günter, weit über das Wasser hinauszuschwingen. Stieß er sich in einem bestimmten Winkel vom Stamm der Erle ab, berührte er mit den Füßen den geraden Ast einer Ulme, die vom gegenüberliegenden Ufer schräg über den tieferen Teil des dunklen Gewässers hinauswuchs. Nachdem Günter dreimal Schwung geholt hatte, ließ er das Holzstück kurz vor der Umkehr los, stürzte der Oberfläche entgegen und tauchte, die Füße voran, in den See.

Bald begann er sich zu steigern, beugte, kaum hatten die Hände sich vom Holz gelöst, den Kopf zu den Knien, nutzte die Zeit des Fluges, um den Körper zu strecken, und glitt kopfüber, die Hände verschränkt oder die Finger zu Fäusten geballt, in das dunkle Wasser, das ihm Raum gab.

Als er sich das erste Mal fast mühelos, die Beine gehockt und von den Armen gehalten, zum Salto drehte, fiel mir der Moment ein, als Günter – die Lore war aus den Schienen gesprungen – auf der Plattform des schon kippenden Gefährts für die Länge eines Lidschlags die Balance gehalten hatte, um seinen Absprung vorzubereiten, um zu schauen, wo er im Sand würde landen können, so, als widerstünde er für einen Augenblick den Gesetzen der Schwerkraft. Es wäre ihm vielleicht gelungen, das Gleichgewicht lange genug zu wahren, hätte ihn der Ton der Sirenen, des Alarms, nicht zögern lassen, er schien in der Luft zu stehen und verlor die Kontrolle. Obwohl ich das Bild bald vergessen hatte, stand es mir nun wieder vor Augen, als Günter die unbewegte Oberfläche teilte und fast ohne Spritzer im Wasser des Waldsees verschwand.

In der folgenden Zeit ließ er das Trapez manchmal zu früh oder zu spät los und schlug mit dem Rücken auf die Oberfläche, sodass seine Haut trotz mehrerer Hemden und Nikkis gebrannt haben dürfte, meist aber gelang es Günter, die Übungen, die Salti und Schrauben, mit einer Eleganz zu beenden, die keiner, keiner der Jungen der Kolonie – ›heul doch, Günni, heul doch schon!‹ – ihm auch nur im Traum zugetraut hätte, er schaffte es, weil er allein war, weil niemand ihm zusah am See.

Später hat er mir zu erklären versucht, wie es wäre, wenn er sich vor eine Aufgabe gestellt sähe, die ihm gelingen könnte, obwohl er nicht gewiss war, dass sie gelingen würde. Ein Kribbeln würde seinen Körper bis in die Fingerspitzen erfassen, an den Innenseiten der Oberschenkel wäre die Empfindung ebenso zu spüren wie im Nacken und an den Schläfen und als Druck unterm Zwerchfell. Wenn er den Versuch aber nicht unternähme, würde er sich als Versager fühlen, wochenlang.

Die Schatten begannen vom Ufer her auf die Seemitte vorzurücken, das Wasser reflektierte das späte Sonnenlicht. Wie ein Scherenschnitt stand Günter einige Zeit an der Böschung zum See und grub mit den Zehen im Sand. Vielleicht hatte er seine Kleidung fast vollständig abgelegt, weil es der letzte und gleichzeitig einzige Versuch sein sollte, auf dem folglich alle Last lag.

Die Hemden und Hosen waren vom Wasser vollgesogen und hingen wie Lappen an ihm herunter, Günter zog sie aus und breitete die nassen Sachen über die Äste der Bäume, die noch in der Sonne standen. Dann wählte er die Sporthose eines Mädchens aus.

»Es ist nicht schön«, sagte Günter später, »mit Wucht aufs Wasser zu schlagen und gar nix anzuhaben.«

Der gerippte Stoff umschloss sein Gesäß, das mager wirkte, derart eng, dass der Rand der Hose in die Haut schnitt und einen dünnen Abdruck hinterließ. Das Holzstück in einer Hand, stieg Günter hoch in die Erle. Er kauerte auf einem Ast und wog das Holz in der Hand, als wollte er wieder den Balancierstab austarieren, bevor er den kurzen Knebel packte und sich ansatzlos abstieß.

Einmal holte er Schwung, indem er die Füße in der Luft nach vorn warf, die Beine, kaum schwang das lange Seil zurück, mit aller Kraft nach hinten peitschte, sie nach der nächsten Umkehr mit gestreckten Zehen wieder nach vorn führte, und ließ, während sein Schatten ihm auf dem Wasser folgte, das Holz, das ihn gehalten hatte, kurz vor dem Moment des Stillstands los. Löste den Griff, um, über seinen Schatten hinweg und sich um die eigene Achse drehend, noch ein Stück aufzusteigen und – Arme und Beine streckten sich – nach dem fast waagerechten Ast der Ulme am anderen Ufer zu greifen, die auf den See hinauswuchs.

Manchmal hab ich später gemeint, mir alles nur eingebildet zu haben: den Ruck, der meinen Bruder hinab ins Seewasser reißen würde, den Moment, als seine Hand sich unterm Gewicht seines sehnigen Körpers öffnete, aber noch einmal nachgreifen konnte, das Reißen in den Achseln und Schultergelenken, weil die Trägheit des Schwungs Günter weiter vorschwingen ließ, sogar den Ast der Ulme glaubte ich mir nur einzubilden, der sich unter der plötzlichen Last durchbog, das Ächzen, das Geräusch des Holzes, das über dem See stehen blieb – wie eine dünne Hülle, die die Umgebung ausschloss, dann brach der Ast aus dem Stamm.

Aber er splitterte und klaffte langsam der Länge nach auf. Hielt mit einigen Fasern an der Borke fest, sodass es Günter gelang, einen Augenblick zwischen Wolken und Wasser zu verharren, ehe er, schreiend, wie er noch nie geschrien hatte, fiel, sich rückwärts überschlug und, den Kopf voran, in den See eintauchte, der schon im Schatten lag.

Der Schrei schien den Wald aufzureißen, und weil ich erst wusste, als Günter aus dem Wasser emporschoss –

nah am anderen Ufer und mit der flachen Hand auf die Oberfläche klatschend und dabei noch und immer wieder schreiend –, da ich dann erst wusste, dass es ein Schrei des Triumphes war, keiner des Schmerzes, fuhr ich besorgt aus meinem Versteck.

Zu früh.

Vielleicht hatte ich schon zu lange im Gebüsch gesessen und gewartet, vielleicht hatte ich glauben wollen, Günter habe mich sowieso längst in meinem Versteck bemerkt, er habe die einarmige Schaufensterpuppe den Bach hinuntergestoßen und es sei fortan ein Spiel zwischen mir und ihm gewesen: Ich säße im Gebüsch, während er übte.

Als ich zu ihm hinübersah, wusste ich um meinen Irrtum.

Und ich erkannte, dass er begriff, wie lange ich schon in seiner Nähe gesessen und ihn beobachtet hatte. Er entdeckte mich, als er das Wasser verlassen wollte und ich, zu keiner Regung fähig, zwischen den Haselsträuchern am Ufer neben der Absprungsstelle stand.

Günter rannte los, kaum dass er durchs Wasser gewatet und aus dem See gestiegen war, der nun im Schatten lag. Die knappe Hose schnitt, beinahe durchscheinend, an Bauch und Beinen ins Fleisch.

»Warte!«, rief ich. »Günter! Günter, warte doch!«

Er drehte sich nicht um.

Und obwohl es zu dämmern begann und ich den Teil des Waldes kaum kannte, auf den er mit pendelnden Armen zulief, versuchte ich ihm auf den Fersen zu bleiben. Wäre er nicht gestürzt, ich hätte ihn zwischen den Bäumen nicht einholen können. Er lag am Grund eines alten Brunnens, die Arme angewinkelt, auf dem Bauch.

Durch den Aufprall war meinem Bruder die Luft aus der Lunge geschlagen worden. Als ich ihn im Schacht liegen sah, der nicht besonders tief war und voller Bewuchs am Boden, und als ich sah, wie sich sein Körper, weil er darum kämpfte, genügend Sauerstoff zu bekommen, unkontrolliert zu bewegen begann, fiel es mir schwer, nicht zu schreien und, den Schrei vom Seeufer aufnehmend, weiter zu rennen, weiter – weiter und immer weiter, in den nächtlichen Wald.

Die Geräusche, alle Geräusche, die im Wald vorhanden waren, wichen zurück und ich schlug meine Fingernägel in die Wange und in den Handrücken, biss hinein, ehe es mir gelang, wieder ruhig genug zu werden, um in den Brunnen hinabzusteigen und Günter, der hechelte und dem der Speichel als Schaum in den Mundwinkeln stand, in eine stabile Lage zu bringen. Dann lief ich zurück zum Lager, um Hilfe zu holen.

Trotz der Steigeisen in den Schachtwänden und obwohl einige Dorfbewohner mich zu dem Brunnen begleitet hatten, war es nicht leicht, Günter zurück an die Oberfläche zu hieven. Noch immer zuckte er manchmal. Deshalb wusste ich, dass er nicht gestorben war.

Weil alle darauf sahen, wie Günter um Atem ringend den Kopf hin und her warf und die Hände ziellos vor seinem Gesicht bewegte, und weil es längst dunkel geworden war und man ihn eilig in Pferdedecken gewickelt hatte, achtete niemand auf seine Haut. Keiner bemerkte, was ich, weil ich seine Hand hielt, an seinen Fingern zu fühlen glaubte, ohne mir erklären zu können, was die Unebenheiten, die flachen Erhebungen, die nachgaben, wenn ich den Druck in der Dunkelheit verstärkte, sein könnten und warum sie heiß waren und weshalb seine Haut an den Stellen zu wachsen und sich aufzuwerfen schien.

Eine Dorfbewohnerin bot uns eine Stube mit einem großen Bett an, über dem sich ein staubiger Baldachin, ein Himmel aus kornblumenblauem Stoff wölbte. An der Wand des Raums stand eine schwere Nähmaschine und neben dem Bett ein Tisch, auf die Kommode am Fenster stellte ich tags darauf eine Vase mit Mohn.

Zwei Bilder hingen an den Wänden, auf jedem befand sich eine Person: Die eine, vor dunklem Hintergrund, hatte ein Gesicht, in dem sich eckige Flächen sperrig gegeneinander schoben, sie gehörte offenbar einem Zirkus an, kantiges Kostüm mit bunten Karos.

Weil die Figur mir unheimlich war, drehte ich das Bild zur Wand und platzierte, da auch vom Rahmen und der rohen Leinwand der Rückseite eine bedrückende Dunkelheit auszugehen schien, das zweite, größere Bild darüber, ein mir vertrautes Motiv – Fidus' blonde Lichtgestalt kehrt dem Betrachter den Rücken zu und reckt, nackt, auf einem schroffen Fels stehend, die weit geöffneten Arme der Sonne entgegen. Denselben sehnigen Mann hatte ich, wenn auch nur postkartengroß, über meinem Bett angebracht, in unserer alten Wohnung. Anders als in den Nächten dort spendete mir das vergrößerte Bild an der Wand aber keinen Trost.

Stattdessen kam es mir vor, als drängte die Dunkelheit, die von dem kostümierten und zerspaltenen Clown ausging, durch die rohe Leinwand und das Kunstdruckpapier mit der Lichtgestalt, um das Zimmer der Dorfbewohnerin bis unter den staubigen Himmel über dem Bett zu besetzen. Und die Geräusche flossen wieder, wie Wasser, aus der Stube, in der ich wartete, ab. Aber es gelang mir, Günters Atem, der nicht sehr laut war, zu lauschen wie früher dem Singen der Rohre hinter mir in der Wand.

Günter erholte sich schnell von den Folgen des Aufpralls, ein Handgelenk war geschwollen, vor allem die Beine aufgeschürft, aber noch in der Nacht bekam er Fieber.

Weil die Frau aus dem Dorf nur eine Petroleumlampe und einige Kerzen geben konnte, die ich, fern von Günter, mit Wachstropfen auf das Fensterbrett klebte, und weil sein Körper im Schatten lag, fuhr ich ihm mit den Fingerspitzen, um mich zu vergewissern, dass die flachen Erhebungen nicht allein die Handrücken bedeckten, vorsichtig über die Haut. Günter schien die Berührung nicht zu spüren.

Er sprach im Schlaf und schlug, während er redete, brabbelnd wie ein Kind, den Kopf im Kissen hin und her. Die Schwellungen, im schwachen Licht nur eine undeutliche Ahnung, zogen sich über Brust und Bauch, über Arme und Oberschenkel, bis hoch zum Hals und bis hinab zu den verkrampften Füßen, nur sein Geschlecht und sein Gesäß waren nicht, waren nirgends geschwollen. Das Sporthöschen hatte ich weggeworfen, der Körper meines Bruders wurde heiß, die Pusteln, die ihn bedeckten, begannen, als es dämmerte, zu nässen.

Früh am Morgen, als die Frau, die uns aufgenommen hatte, einen Arzt holte – einen Arzt, der häufig Tiere, aber selten Menschen behandelt hatte –, früh am Morgen, während Günter in kühle, feuchte Tücher gewickelt wurde, die das Brennen lindern und das Fieber senken sollten – »Hab dich nicht so!«, hatte Mutti Günter manchmal angefahren und ihn gleich darauf in den Arm genommen –, früh am Morgen, noch bevor die Sonne richtig aufgegangen war, lief ich zurück in den Wald und suchte den Grund des Brunnenschachts, in dem ich Günter gefunden hatte, noch einmal sorgfältig ab.

Im ersten Licht wirkte der Brunnen groß, über zwei Meter im Durchmesser, und weniger tief als im Dunkel des Abends. Laub lag am Boden, Laub und Nadeln, die den Sturz gemildert, den Aufprall abgefedert hatten. Im Gewirr der Pflanzen, all des Unkrauts – Knöterich und Brennnesseln, Springkraut, Farn und Sauerampfer, vor allem aber Brennnesseln, die eben überall wuchsen –, hatte Günters Körper einen Abdruck hinterlassen. Langsam hatten sich die Pflanzen – keine wirkte giftig – bald wieder halbwegs aufgerichtet. Nachdem ich ins Dorf zurückgekehrt war, blieb ich am Bett bei Günter sitzen und wechselte die Verbände, ich würde bei ihm aushalten, bis er genesen wäre.

Die Quaddeln und Pusteln nässten, die Geräusche im Zimmer kehrten zurück, die Flüssigkeit, die die Gaze tränkte, roch – als sickerte tatsächlich Gift aus Günters Haut, das mir aber nichts auszumachen schien – nach Fieber und nach Krankheit und verdarb die Luft in der großen Stube.

Bevor der Arzt mir auftrug, auf Günter Acht zu geben, fragte er mich, ob ich mit ihm verwandt sei. Als ich entgegnete: »Nein, nicht richtig«, nickte er, als wüsste er Bescheid.

Den ersten Tag schlief Günter ununterbrochen, fast vollständig mit Tüchern umwickelt, wie einbalsamiert. Manchmal, wenn er nicht vor sich hinsprach und sich nicht bewegte, hatte ich den Eindruck, als sei er nicht er selber und ein anderer lebe nun in seinem Leib.

In der zweiten Nacht begann das Fieber noch mal zu steigen. Günter warf sich unruhig von einer Seite des Bettes auf die andere.

Ich tauschte die Wickel, die Mullbinden und Tücher. Es half nichts. Ich gab ihm zu trinken. Er trank nicht. Ich saß reglos neben dem Bett, schaute den Mohn auf dem Fensterbrett an und wollte Günters Zustand mit ihm teilen.

Ich wollte Günter werden, während er bei mir am Bett sitzen sollte, um auf mich zu achten. Ich wusste nicht, wie man betet. Ich hatte Günter am Fluss beobachtet, ich bin am Kopfende niedergekniet. Ich hab den Schweiß von seiner Stirn und von seinen Schläfen gewischt, ich hab die Hände gefaltet. Und obwohl ich mich gegen die Empfindung sträubte, ist es angenehm gewesen, neben dem Bett zu knien.

Nach Mitternacht hat Günter laut zu reden begonnen. Später hat er mir erklärt, er habe geglaubt, während er schlief und ich seine Verbände wechselte, ununterbrochen geträumt zu haben, eingesperrte Träume ohne Bilder. Nur an das Gefühl könne er sich erinnern, als sei er in einem Schwimmbad gewesen, in einem Bassin untergetaucht: Licht und Geräusche seien gedämpft zu ihm an den Grund des Beckens gedrungen, trotz des

Pulsens in den Ohren habe er vergessen zu atmen, es habe unter Wasser niemanden gegeben außer ihm.

Den Kopf auf dem verschwitzten Kissen, bin ich am Morgen hochgeschreckt, als Günter sich zu mir umgedreht hat und mich, die Hände umwickelt, vorsichtig streicheln wollte. Ich hab ihn angeblickt und er hat gesagt: »Siehst du, es sollte … sollte eine Überraschung für dich sein, für dein'n Geburtstag.«

Er hat unter der Gaze, die sein Gesicht bedeckt hat, gelächelt.

Ich hab das Tuch ein Stück angehoben und gesehn, dass die Lippen, die er beim Sprechen kaum bewegt hat, nicht mehr geschwollen warn, und hab geweint.

Franz Hohler

Zu Berg

Als ich am Hauptbahnhof in Zürich meinen Zug besteigen will, muss ich mir durch eine große Menge von Tamilen den Weg bahnen, die alle festlich gekleidet in Gruppen herumstehen. Einer von ihnen verteilt den andern Papierfähnchen. Ich kaufe am Kiosk noch schnell eine Schokolade, die mir in meinem Picknick fehlt, und frage einen Tamilen, der nach mir dran ist, ob sie Nationalfeiertag hätten, und er sagt mir, ja, und sie gingen alle nach Genf, vor die UNO.

Ich bin froh, dass ich nicht nach Genf vor die UNO muss und nehme den Zug nach Bern. Erst als ich drin bin, merke ich, dass es derselbe ist, der von Bern auch noch bis Interlaken fährt. Dort steige ich in den Zug nach Lauterbrunnen um. In Lauterbrunnen, dem Ort im Talboden, auf den der Staubbachfall hinunterfällt, welcher schon Goethe begeistert hatte (»Seele des Menschen, wie gleichst du dem Wasser.«) und in dessen mittlerer Höhe jemand eine Schweizerfahne befestigt hat, gleich neben der Gischtfahne, man fragt sich, wie, in Lauterbrunnen also muss man in die Jungfraubahn wechseln, und da dort auch die Allmacht des SBB-Generalabonnements endet, löse ich am Schalter ein Billett mit der Destination »Eismeer«. Der Gedanke, dass man von jedem Ort der Schweiz eine solche Fahrkarte lösen kann, beschwingt mich, ein Billett, auf dem steht »Muttenz-Eismeer« muss eine Verheißung sein, besonders in diesen Sommertagen, die zu den heißesten der letzten Jahre gehören. Mein Bergführer, mit dem ich jedes Jahr eine oder zwei Touren abmache, erwartet mich hier, seine Frau, eine sehr gute Alpinistin, wird uns auf dieser Tour begleiten.

Eiger, Mönch und Jungfrau, die Kulissen des schweizerischen Mittellandes, werden immer näher gerückt, bis sie auf der Kleinen Scheidegg vor uns Halt machen, als wollten sie uns fragen, ob wir wirklich in ihrem Stück mitspielen wollen. Das wollen wir und wir kriechen nun mit der Zahnradbahn in den Eiger hinein, in der Eigerwand hält sie an, damit sich alle Fahrgäste an den Schaufensterscheiben, hinter denen die Eigernordwand ausgestellt ist, die Nasen platt drücken können, auch an der Station Eismeer gibt es einen Aussichtshalt, nach welchem alle wieder einsteigen, außer den wenigen, die von hier aus die Bühne des Bergtheaters betreten wollen, und zu denen gehören wir. Erstmals seile ich mich auf einem Bahnhof an, dann steigen wir durch einen langen Felsenstollen hinunter, bis wir vor einer eisernen Türe stehen, und als sie sich krächzend öffnet und uns aus dem Urgestein entlässt, stehen wir mitten in einem mächtigen Bergkessel auf dem Gletscher.

Der Bergführer zeigt mir, wo sich die Hütte befindet, zu der wir aufsteigen müssen, sie steht genau auf einem Absatz des Eigergrates und sieht nicht aus, als ob sie zu Fuß erreichbar wäre. Mein Bergführer geht aber offenbar davon aus und wir marschieren nun über den Gletscher an den Fuß einer Felswand, klettern ein Stück darin hoch und erreichen ein Schuttband, das einem Weg gleicht, und diesem Band folgen wir so lange, bis wir die Hütte erreicht haben.

Von hier aus sehe ich erst, dass der Eiger wirklich eine Kulisse ist. Während seine Nachbarn Mönch und Jungfrau große Klötze sind, deren Rückseiten sich weit abfallend gegen den Aletschgletscher hin erstrecken, steht er aufgerichtet wie eine Scheibe da, zeigt der ganzen Welt seine berüchtigte Nordwand und hinter ihm ist nichts, nichts als eine nackte Südwand, die zu durchsteigen fast noch sinnloser ist als die Nordwand, er besteht also eigentlich nur aus diesem Grat, der sich turmhoch über der Hütte erhebt und über den wir morgen den Gipfel erreichen wollen. Ein Gast eines Bergführers, den wir schon im Zug getroffen haben, schaut ähnlich beklommen wie ich seinem morgigen Auftritt entgegen und murmelt zu mir etwas von einem Bubentraum. Ich beneide ihn um dieses Argument, denn ich weiß nicht genau, um welche Art von Irrsinn es sich bei mir handelt.

Die Hüttenwartin kocht das Essen, sie ist eine fröhliche junge Frau und verbringt schon den zweiten Sommer hier oben, ohne auch nur einen Tag ins Tal zu gehen oder zu fliegen. Souverän teilt sie die Essensgäste in Schichten ein, wir sind in der zweiten Schicht und ich sitze direkt neben der großen Eisenstange, welche die Verankerung der Hütte darstellt und in welche, wie ich höre, bei Gewittern die Blitze einschlagen und einen Funkenregen in der Hütte verbreiten. Die Küche ist in einer neuen Biwakbaracke gleich daneben, in der wir übernachten, da die Hütte schon voll ist. Die Baracke trägt den Namen eines Grindelwalder Bergführers, der seit 1973 im Finsteraarhorngebiet vermisst wird, sein Foto hängt in unserm kleinen Schlafraum, ein junger Mann, der mit einer Gletscherbrille unternehmungslustig in die Höhe blickt, und ihm über die Schulter blickt das Finsteraarhorn und er weiß offensichtlich noch nicht, dass es ihn zum Opfer erwählt hat. Heute wäre er vielleicht so alt wie ich.

Mit den Worten »You two!« weckt ein Bergführer um 3 Uhr seine zwei japanischen Gäste, und da wir alle in diesem Raum über den Grat wollen, sind wir alle gemeint und stehen hastig auf, suchen mit unsern Taschenlampen nach Socken, Kappen und Gamaschen, stellen uns vor der Toilette auf der Rückseite der Hütte an, deren Schlund offen in der Steilwand endet, wo Kot und WC-Papier ein unappetitliches Delta bilden, für manchen Berggänger ein Grund, seinen Stuhl einen ganzen Tag lang zu unterdrücken und mit sich über den Grat zu schleppen. Mir gelingt es trotzdem, ihn loszuwerden, vermutlich ist meine Angst einfach groß genug.

Noch scheint der Mond und erhellt eine unglaubliche Szene. Wolken treiben auf die Eigernordwand zu und brechen sich an ihr wie eine Brandung, die sich bis zum Gipfel überschlägt, und darunter schimmern immer wieder die Lichter von Grindelwald wie eine Korallenstadt vom Meeresgrund herauf. Am Grat sind bereits die ersten Seilschaften unterwegs, als Bergmannslichter flackern sie mit ihren Stirnlampen am Kopf langsam höher. Es sind die, welche von der fröhlichen Hüttenwartin zum ersten Frühstücksgang eingeteilt wurden, den man stehend vor ihrer Biwakküche einnimmt, wie im Hotel wird man gefragt: »Tee oder Kaffee?«, und man kann sich auch selbst ein Birchermüesli aus einem großen Topf herausnehmen. Da mein Bergführer vor einer Tour immer Tee trinkt, weil die Flüssigkeit im Körper länger herhalte, trinke ich auch Tee, ich mache alles, was er macht.

Schon nach kurzer Zeit haben wir im letzten Mondlicht das erste fixe Seil erreicht, das der Grindelwalder Bergführerverein an einem Gratturm befestigt hat, um den es kein Ausweichen gibt. Der Bergführer klettert so lange voraus, bis ich ihn nicht mehr sehe, dann ruft mir seine Stimme zu: »Chaisch cho!« Ich ergreife das fixe Seil, suche mit den Füßen kleine Tritte und arbeite mich langsam in die Höhe, die Abgründe links und rechts nicht beachtend, zwei oder dreimal finde ich keine Tritte und ziehe mich tarzanartig mit den Armen am Seil hoch. Es beruhigt mich, dass mich das Bergführerehepaar in die Mitte genommen hat, er klettert voraus, sie hinter mir nach. Die beiden haben zwei kleine Kinder, die ich auch kenne, die Tochter hat mir kürzlich eine selber geschriebene Geschichte von einer Wunderblume geschickt, die sprechen kann. Wenn die beiden hier durchgehen, als ob nichts wäre, denke ich, dann kann ich gut mitgehen, die wollen ja auf alle Fälle wieder zurück zu ihren Kindern.

Als die Sonnenstrahlen den Schneegipfel des Mönchs rötlich färben und uns kurz danach selbst erreichen, ist es mir, als würde mir persönlich mitgeteilt, dass der Tag angebrochen ist. Die Gipfel ringsum wissen schon Bescheid und auch die Gletscher tiefer unten werden es nach und nach erfahren, aus dem Eismeer ist immer wieder das Krachen zerplatzender Eisberge zu hören, manchmal sehen wir sogar, wo ein Stück abgebrochen ist und auf einem Felsbuckel zerstiebt. Wir machen eine kleine Rast und kaum haben wir uns hingesetzt, um etwas Brot und Käse zu essen, landen neben uns zwei Bergdohlen und schauen uns, die Köpfe schräg geneigt, erwartungsvoll an. Ich bin gerührt, dass sie uns in dieser unwirtlichen Höhe begleiten, und glaube, ich würde ihnen auch noch eine Krume zuwerfen, wenn ich schon am Verhungern wäre.

Nach fast fünf Stunden haben wir den Gipfel erreicht, sehen auch in die Ausstiegsrinnen der Eigernordwand hinunter, mit Schaudern ich, mit Wohlgefühl mein Bergführer, der die Wand schon zweimal durchstiegen hat, im Sommer und im Winter. Viel Boden gibt es nicht auf dem Kulissengipfel, einige Biwakplätze sind mit aufgeschichteten Steinmäuerchen hergerichtet worden, eine Gruppe von drei Bergsteigern ist gestern Abend um acht Uhr von der Hütte zur Tour aufgebrochen und hat den ganzen Grat beim Mondlicht überstiegen, offensichtlich haben die drei hier oben geschlafen. Wer auf dem Gipfel ist, gratuliert sich Hände schüttelnd, für Frauen gibt es Küsse, hinter uns kommt ein Tiroler Bergführer mit einer Frau als Gast, wir saßen gestern beim Nachtessen neben den beiden und ich zucke etwas zusammen, als er seinen Händedruck mit den Worten »Berg Heil!« unterstreicht.

Wir lassen uns knapp unterhalb des Gipfels nieder, trinken und essen etwas und blicken in die Tiefe, auf die Kleine Scheidegg hinunter, auf welche der Eiger ein gewaltiges Schattendreieck wirft, ein Zug von Wengen fährt wie eine Modelleisenbahn in die Höhe. Ringsum in der Nähe und der Weite andere Gipfel, man raunt sich die Namen zu wie die von berühmten Schauspielern, denen man plötzlich selbst begegnet, siehst du dort drüben den Montblanc, oh, schau mal, das ist doch das Lauteraarhorn und dort hinten die ägyptische Firnpyramide, das Weißhorn, einer meiner Traumberge.

Aus Erfahrung weiß ich, dass eine Tour mit dem Erreichen des Gipfels nicht beendet ist, es kann ohne weiteres sein, dass der Abstieg beschwerlicher wird als der Aufstieg. Die meisten steigen über die Westflanke, eine steile und ungemütliche Schutthalde, auf die Kleine Scheidegg ab, wir begeben uns auf die hintere Gratrippe, welche zu den Eigerjöchern hinunterführt. Schon bald kommen wir zu einer Abseilstelle, der Bergführer trifft alle erforderlichen Sicherungsvorbereitungen, ordnet mit lockerer Hand Knoten, Schlingen und Karabiner wie ein Seemann und schickt uns dann ins Leere hinunter, die Beine sollen wir an den Fels stemmen und getrost in sozusagen horizontaler Lage hinunterlaufen, wie eine Fliege an der Stubenwand. Ich bin froh, dass die Frau des Bergführers zuerst geht, sie ist, sage ich mir, die Mutter der Wunderblumentochter, und ich wandere horizontal einen leichten Überhang hinunter, bis ich auf einem kleinen Absatz bin, auf dem auch schon die Frau des Bergführers steht, die selbstverständlich mehr ist als einfach die Frau des Bergführers, nämlich Lehrerin.

Auf dem ersten Eigerjoch angekommen, bestätigt sich meine Befürchtung, die ich schon beim Blick vom

Eigergipfel hegte, nämlich dass es nun einen nächsten Grat zu übersteigen gilt, der nicht weniger schroff aussieht als derjenige von heute Morgen, er hält zum Beispiel eine Stelle für mich bereit, wo ich von einer Felswand über eine Spalte die nächste Felswand erreichen muss, die nur einen einzigen sichtbaren kleinen Tritt für meinen Fuß hat, nämlich an der Kante über dem Nichts, und von diesem Tritt muss man sich hinter die Kante schwindeln und dann wieder zum Grat hochziehen. Ich rufe meinem Bergführer, der hinter der Kante nach oben verschwunden ist, die überflüssige Frage zu, ob ich gut gesichert sei, freundlicherweise nimmt er sie ernst und bejaht, doppelt habe er mich gesichert, was immer das heißt, und seine Frau hinter mir ergänzt, auch sie habe mich gesichert, und falls ich falle, hänge ich wie an einer Wäscheleine. Gleichermaßen beruhigt und angeekelt vom Gedanken, wie ein Waschlappen an einer Leine zu baumeln, wage ich den Schritt und bin überrascht, wie einfach er ist, wenn man dran glaubt, dass man ihn machen kann.

Beim nächsten Rastplatz stinkt es so, dass wir etwas weiterrücken, es gelingt doch nicht allen, ihrem Entleerungsdrang bis zuletzt zu widerstehen. Es wird nun immer heißer, ein erschreckend abgründiges Firnfeld, das es zu traversieren gilt, verlangt den Gebrauch der Steigeisen, deren Anschnallen für jemanden, der das nicht täglich macht, mühsam und qualvoll ist, welcher Riemen kommt durch welchen Ring, soll man ihn zuerst quer über den Schuh oder zur Spitze des Schuhs ziehen, oh, die Ferse steht nicht ganz drin, alles nochmals abnehmen und von vorn anfangen, und die Schnalle muss außen am Schuh sein, damit man sich beim Gehen nicht verheddert, aber dann tritt man so selbstbewusst auf den Firn, als hätte man Krallen an den Füßen. Die Kundin des Tiroler Bergführers lässt sich die Eisen von Anfang an von ihm anziehen, der wie ein treuer Diener vor ihr kniet, »Full service!«, sagt sie strahlend zu mir.

Endlich ist das zweite Eigerjoch erreicht, mein Bergführer schlägt dem Tiroler Kollegen vor, unsere Seilschaften für den bevorstehenden Gang über den Gletscher zusammenzuhängen, da eine Fünfergruppe für eine Gletscherspalte schwerer zu schlucken ist als eine Zweiergruppe. Dann betreten wir den Gletscher, der den Anfang einer unendlichen weißen Fläche bildet, die schlicht »Ewigschneefeld« genannt wird. Vor uns auf einem Buckel eine Reihe von bizarren Schneetürmen am Ende eines Gletscherabbruchs, einer stürzt vor unsern Augen lautlos in sich zusammen, ein Opfer der Sonne, die triumphierend ihre Strahlen vom Himmelszenit verschießt. So zügig wie möglich überqueren wir den Schrund, ein großer Schritt wird verlangt, ein Sprung eher, wir leisten ihn alle und gehen dann rasch aus dem möglichen Sturzfeld des Abbruchs weg, ich denke an den Vers von Uhland, den ich einmal in der Stuttgarter Straßenbahn gelesen habe:

O, brich nicht, Steg! du zitterst sehr.
O, stürz nicht, Fels, du dräuest schwer.
Welt, geh nicht unter, Himmel, fall nicht ein,
Eh ich mag bei der Liebsten sein!

Prosaischer spricht man bei solchen Stellen von objektiven Gefahren, welche drohen, und ich bin froh, dass es bei der Drohung geblieben ist.

Für den Schlussaufstieg durch die gleißende Nachmittagssonne muss ich meine physischen und psychischen Reserven hervorholen, die beide schon fast aufgebraucht sind, und als wir nach insgesamt elf Stunden auf der Mönchsjochhütte eintreffen, eröffne ich meinem Bergführer, dass ich kaum glaube, den Mönch morgen über den schwierigeren Westgrat besteigen zu wollen, und die Normalroute sei doch bestimmt auch schön.

Seine Frau verabschiedet sich nun, um zu ihren Wunderblumenkindern zurückzugehen, ich lege meine nassen Schuhe, Gamaschen und Socken in die Sonne, gehe mich dann sofort hinlegen und verfalle in einen anderthalbstündigen Dämmerschlaf. Nachher desinfiziere und pflastere ich meine kleinen Wunden, die ich vom Klettern an beiden Händen habe, und mache alle meine Sachen bereit, als ob es morgen so weiterginge.

Auch diese Hütte, bedeutend größer als diejenige auf dem Grat, ist überfüllt, alle wollen bei diesem Augustwetter auf die Berggipfel, abends nach dem Essen darf ich mich mit meinem Bergführer an den Führertisch in der Küche setzen, wo es etwas ruhiger ist. Von einem der Kollegen, die hier sitzen, hat er mit Respekt erzählt, es ist derjenige, der eine Route durch die Eigersüdwand eröffnet hat, ich kann mir, nachdem ich sie von unten und oben gesehen habe, kaum vorstellen, dass sie zu durchsteigen ist, aber die Legende mir gegenüber lächelt, als ich sage, die Wand sehe recht gäch aus, und sagt, dafür habe sie unten Auslauf. So untertreiben sie, die Könner. Dann kommt die Rede auf die Veränderungen in den Bergen, die er beängstigend findet, die ständig fortschreitende Ausaperung macht ihm Sorgen. Direkt neben dem Publikumsausgang auf dem Jungfraujoch hat sich diesen Sommer der Gletscherschrund aufgetan, eine Pistenmaschine schiebt seither immer wieder Schnee hinein, um die riesige Spalte ungeschehen zu machen, aber niemand weiß, wie lange man den jetzigen Stollenausgang überhaupt noch benutzen kann.

Als wir am nächsten Morgen im verbleichenden Mondlicht an der Stelle stehen, wo die Normalroute von der Spur zum Westgrat abzweigt, fragt mich mein Bergführer, was ich nun lieber wolle, den gewöhnlichen Aufstieg oder die viel interessantere Überquerung des Westgrates. Ich schaue in den berückend schönen Sternenhimmel und sehe einen Kometen fallen. »Zum Westgrat«, sage ich.

Mit größerer Gelassenheit als gestern steige ich hinter ihm her, der »bösen Platte«, die er mir als schwierig geschildert hat, spreche ich gut zu, sage ihr, dass ich sicher sei, dass sie eigentlich gern eine liebe Platte wäre, und das ist sie denn auch, wenigstens mit mir.

In der Scharte schließlich, aus der man zum Gipfelfirn aussteigt, ist eine Gedenktafel für einen Bergführer angebracht, der hier vor acht Jahren mit seinem Bruder abgestürzt ist, ich bringe es nicht fertig, die Tafel nicht zu lesen, stelle aber meinem Bergführer keine Fragen. Wir ziehen die Steigeisen an, und beim anschließenden Anstieg über den Gipfelfirn halte ich meine linke Hand mit dem dicken Handschuh wie eine Scheuklappe neben mein Gesicht, damit ich den schwer erträglichen Abgrund nicht sehe, der offenbar sogar Bergführern zum Verhängnis werden kann. Dann der schönste Moment, das Erreichen des sanften Firns, der zum Gipfel führt, wir sind ganz allein, es ist ganz ruhig, wir sind ganz hoch oben, und ganz langsam steigen wir zum Gipfel. Als er kürzlich neu vermessen wurde, stellte man erstaunt fest, dass er fast um 10 Meter gewachsen ist, was aber offenbar nur mit einem Fehler bei der letzten Messung zu tun hat und mit der Schwierigkeit, sich mit einer Schneekuppe über ihre genaue Höhe zu verständigen.

Vier Wiener, die über die Normalroute auf dem Gipfel eintreffen, möchten sofort ein Gipfelfoto von ihrer ganzen Gruppe, jeder mit seinem eigenen Apparat, was uns einiges zu tun gibt. Wir rächen uns dann mit der Bitte um ein Gipfelfoto von uns zweien.

Der Abstieg ist heikler, als ich mir vorgestellt hatte, der Mönch wird meistens als leichter Viertausender beschrieben, aber der Pfad über den Gipfelfirn ist bestürzend schmal, und die Wächten, die sich schon von ihm zu lösen beginnen, können jeden Moment abbrechen. Viele Seilschaften befinden sich noch auf dem Aufstieg, obwohl es schon gegen Mittag geht, auch Einzelgänger sind darunter, ich hoffe, dass niemandem etwas passiert, manche sehen nicht besonders trittsicher aus.

Erst als wir auf dem breiten Pfad zur Jungfraujochstation gehen, fragt mich mein Bergführer, ob ich die Tafel oben gesehen habe. Er hat die beiden Brüder gut gekannt und niemand weiß, was genau geschehen war, er nimmt an, da es im November passierte und ein enormer Wind ging, es hätte die beiden einfach »usegchuttet«, vom Grat geweht. Der Bergführer, der gestern mit dem Bubentraumgast auf den Eiger ging, war der dritte Bruder der beiden.

Da stehen sie alle im Sonnenlicht, diese Gipfel, und wecken etwas in uns, das wir nicht verstehen, den Wunsch, dort hinaufzugehen, wohin es keinen Grund zu gehen gibt, und wir hoffen alle, dass wir wieder zurückkommen, und nur ab und zu bestrafen die Berge diesen Wunsch, lassen einen Stein fallen, geben einem Tritt nach oder stoßen einen Windhauch aus und lassen das Stück tragisch enden. Letzte Woche sind am Mönch zwei junge Menschen zu Tode gestürzt, vor vier Tagen zwei am Aletschhorn, eine davon, wie ich auf der Heimfahrt in der Zeitung lese, eine bekannte Wirtin aus Bern, erfahrene Berggängerin und in meinem Alter, und vorgestern sind auf den weiß glänzenden Rockfalten der Jungfrau zwei Menschen tausend Meter in die Tiefe gefallen.

Ich aber, ich habe an beiden Tagen zum Gipfel meines großen Traumberges hinübergeschaut, an den ich mich bis jetzt nicht wagte, und habe meinen Bergführer, mit dem ich in vierzehn Tagen nochmals abgemacht habe, gefragt, ob wir es als Nächstes mit dem Weißhorn versuchen wollen.

Michael Hatry

Sommerwind

1

Meine Mutter schrie: »Er kommt nicht!«

Mein Vater nuckelte an seiner Pfeife und sagte: »Er kommt tatsächlich nicht.«

Ich sagte nichts und sah dem einzigen Koffer nach, der noch auf dem Laufband war. Es war ein großer, schwarzer Schalenkoffer, der aussah wie der Schalenkoffer meiner Eltern.

»Und du bist wirklich sicher, dass du den Adressanhänger drangemacht hast?«, fragte mein Vater.

»Ja«, sagte meine Mutter trotzig. »Ich glaub schon.«

Wir standen einsam und verlassen am Laufband. Es war eine Stunde seit unserer Landung auf dem Flughafen von Heraklion vergangen. Und der Koffer meiner Eltern war nicht aufs Band gespuckt worden, bloß der Koffer, der gespuckt wie ihrer aussah, aber keinen Anhänger hatte.

»Vielleicht ist er geklaut worden«, sagte ich.

»Philipp, bitte!«, sagte meine Mutter.

Das nächste Flugzeug war gelandet und gerade kamen die Passagiere in die Halle.

»Er ist verloren gegangen«, sagte mein Vater.

»Der Anhänger?«

»Nein, der Koffer. Nicht wirklich verloren gegangen

natürlich. Bloß woanders hin verfrachtet. Wahrscheinlich ist er auf dem Weg in die Innere Mongolei.«

Ich stellte mir sofort ein Mongolenpaar in den Fummeln meiner Eltern vor, wie sie auf ihren schnellen kleinen Pferden über die Steppe preschten. Obwohl der Koffer wahrscheinlich noch gar nicht in der Inneren Mongolei war. Und vielleicht nie dort ankommen würde, weil das Flugzeug gerade entführt und zu den Cayman-Inseln umgeleitet wurde.

»Vielleicht sollten wir einfach diesen Koffer hier nehmen«, sagte mein Vater und nuckelte an seiner Pfeife. »Wenn der Schlüssel passt, ist es unsrer.«

Der Koffer fuhr zum hundertsten Mal an uns vorbei und ich stellte mir vor, es sei eine Bombe drin.

»Das kann man doch nicht machen!«, sagte meine Mutter. »Höchstens die Leute vom Flughafen können das machen, wenn er nicht abgeholt wird. Außerdem hab ich keinen Schlüssel.«

Also marschierten wir, ich mit meiner Reisetasche und meine Eltern mit ihrem Handgepäck, an einen Schalter, um den Verlust des Koffers anzuzeigen. Vom Schalter aus gingen wir in ein Büro und von da in ein zweites Büro, und als wir im zweiten Büro waren, fiel mir ein, es sei vielleicht gut, weiter auf den Koffer aufzupassen, ob er abgeholt würde oder nicht, und ich rannte in die Halle zurück.

Der Koffer war weg. Das Laufband war leer.

Gerade wurden die ersten Koffer aus der Maschine ausgespuckt, die vorhin gelandet war.

Als wir kurz darauf in der gleißenden Mittagssonne vorm Flughafengebäude standen, war auch der Bus weg.

»Wenn mal der Wurm drin ist …«, murmelte mein Vater.

Es klang, als hätte er ein bisher übersehenes Naturgesetz entdeckt.

Jedenfalls nahmen wir uns wegen des Wurms einen Leihwagen, der sich als echte Klapperkiste entpuppte, und rumpelten quer über die Insel nach Süden.

Am späten Nachmittag kamen wir an. Die Ferienwohnung, die uns Freunde für eine Woche überlassen hatten, war in einer großen, an einen Hang gebauten Anlage. Sie hatte ein großes und zwei kleine Zimmer und eine Terrasse mit Meerblick und ein Wurm war nirgends zu entdecken.

2

Vor dem Abendessen kundschaftete ich die Umgebung aus.

Einen Ort konnte man das nicht unbedingt nennen. Ein paar Restaurants, ein kleines Hotel, ein Kiosk und ein Autoverleih, das war's schon.

Die Bucht war ziemlich lang gestreckt und hatte einen Sandstrand. Unterhalb der Anlage waren Sonnenliegen und -schirme aufgestellt. Aber um diese Uhrzeit war nicht mehr viel los. Ich sah ein paar ältere Jungen Fußball spielen. Im Wasser war kaum jemand.

Ich ging den Strand entlang und entdeckte einen Weg, der zwischen Häusern mit Ferienwohnungen leicht ansteigend bis zu dem Kap führte, das die eine Seite der Bucht begrenzte. Die Sonne stand als rote Kugel überm

Meer. Hinter mir erhob sich ein Bergmassiv, an dem ein paar Dörfer klebten. Eine Busladung Menschen kam angetrottet, um den Sonnenuntergang zu fotografieren. Ich machte, dass ich davonkam. Auf einer Straße, die in einem Bogen oben um die Anlage herumführte. Dann einen steilen Hügel hinab, zur Hauptstraße.

Eine Minute später wäre ich fast ausgeflippt.

Vor dem Restaurant *Minos* stand der schwarze Schalenkoffer meiner Eltern.

Oder der Koffer vom Laufband.

Oder ein dritter Koffer.

Er stand vorm Seiteneingang des Restaurants und war noch immer nicht explodiert. Die Tür war offen und von drinnen fiel etwas Licht auf den Koffer, der ganz eigenartig zu funkeln schien.

Ich ging hin. Er hatte keinen Adressanhänger. Dann hörte ich jemanden kommen und haute ab. Ich wollte mich nicht erwischen lassen. Ich hätte alles Mögliche erklären müssen. Das wäre mir peinlich gewesen. Ich lief, bis ich ganz im Dunkeln war.

Als ich mich noch mal umdrehte, war der Koffer weg. Die Tür war immer noch auf und das Licht fiel immer noch nach draußen. Aber der Koffer war weg. Ich nahm mir vor, ihn nicht zu erwähnen. Ich wollte nicht, dass meine Mutter alle möglichen Peinlichkeiten veranstaltete.

3

Am nächsten Morgen war der Wind da. Ich hatte die ganze Nacht fest geschlafen und als ich den Wind pfeifen hörte, dachte ich: Scheiße.

Aber der Himmel war trotzdem blau und die Sonne knallte vom Himmel. Und wir frühstückten auf der Terrasse. Das Gespräch drehte sich ausschließlich um den Koffer. Ich dachte an den vorm Restaurant *Minos*.

»Wer oder was ist eigentlich Minos?«, fragte ich, obwohl ich es im Reiseführer gelesen hatte.

»Minos?«, fragte mein Vater entsetzt. »Das weißt du nicht?«

Ich schüttelte den Kopf.

»Wie kommst du denn da jetzt drauf?«, fragte meine Mutter.

»Es gibt hier ein Restaurant, das so heißt.«

Mein Vater schien irgendwie erleichtert.

»Der war mal der Sage nach König in Kreta«, sagte er. »Vor … na, ist schon 'ne ganze Weile her … Der hatte sich Athen untern Nagel gerissen und die Athener mussten ihm jedes Jahr als Opfer je sechs …«

»Sieben«, sagte meine Mutter.

»Sieben Mädchen und Knaben schicken, damit fütterte er ein Ungeheuer namens Minotauros durch, der war halb Mensch, halb Stier und hauste in einem Labyrinth … einem Labyrinth … ja … aus dem kein Mensch wieder rausfinden konnte … Aber irgendwann kreuzte Theseus …«

»Der spätere König von Athen«, warf meine Mutter ein.

»... auf und hat den Minotauros abgemurkst. Und aus dem Labyrinth ...«

»Es reicht!«, sagte ich. Den Rest wusste ich sowieso: Wie die Königstochter dem Helden ein Wollknäuel gegeben hatte, damit er sich am Faden wieder raushangeln konnte aus dem Labyrinth. Nachdem er den Stiermenschen abgemurkst hatte.

Nach dem Frühstück rief meine Mutter in Heraklion an und fragte, ob der Koffer aufgetaucht sei. War er nicht, und sie machte ein Theater am Telefon, als ob ein Vulkan ausgebrochen sei. Aber vielleicht war auch *sie* der Vulkan.

Mein Vater überredete sie, im Supermarkt das billigste Badezeug zu kaufen.

»Was denken die sich eigentlich dabei?«, fragte sie.

»Nichts«, sagte mein Vater.

Danach stürzten wir uns ins Strandleben. Das Meer war leicht bewegt und hatte kleine Schaumkronen. Meine Mutter wurde immer nervöser. Wegen des Windes oder wegen des Koffers. Und mein Vater hatte Probleme mit dem Pfeiferauchen.

Ich sah die Jungen vom vorhergehenden Abend immer noch Fußball spielen und schlenderte zu ihnen. Ich war neugierig, ob sie mich mitspielen ließen.

Als mir der Ball vor die Füße trudelte, hob ich ihn auf und warf ihn zurück. Einer der Jungen, der mir den Rücken zukehrte, machte eine falsche Bewegung und kriegte ihn an den Kopf. Er drehte sich um und wollte sich auf mich stürzen, aber ein paar seiner Mitspieler hielten ihn zurück.

»Hau ab!«, schrie er. »Mach die Fliege! Ich schlag

dich zu Brei! So wer wie du hat mir gerade noch gefehlt! Hau ab!«

Vielleicht glaubte er, ich sei ansteckend.

»Mach nicht so viel Wind!«, schrie ich. »Ist schon genug da!«

»Besser, du haust wirklich ab!«, sagte der Junge, der mir am nächsten stand, und grinste mich an.

»Ihr könnt mich alle mal«, sagte ich und schwamm noch mal weit in die Bucht hinaus.

Dann war Mittag und der Flughafen hatte immer noch nicht angerufen. Also rief meine Mutter wieder an. Aber in Heraklion war auch Mittag und sie erreichte nichts.

Wir aßen im Restaurant am Strand und waren fast fertig, als das Handy in der Handtasche meiner Mutter zu plärren anfing. Es war der Flughafen, und der Koffer war auf wundersame Weise wieder aufgetaucht. Ein schwarzer Schalenkoffer. Allerdings ohne Anhänger.

Aber meine Eltern wollten trotzdem hinfahren.

Sie fragten mich nicht mal, ob ich mitkommen wolle. Sie gingen einfach davon aus! Wir hätten sogar vielleicht noch Zeit, den Palast von Knossos anzugucken. Aber ich hatte keine Lust auf Trümmer.

»Muss ich wirklich mitkommen?«, fragte ich.

Meine Mutter sah mich an, als bemerkte sie in diesem Augenblick, dass ich nicht mehr der kleine Junge von früher war.

»Er wird schon nicht verschütt gehn«, sagte mein Vater.

»Und du versprichst mir …?«

»Alles«, sagte ich. Ich wollte lieber nicht in Einzelheiten gehen.

Dann fuhren sie weg. Ich winkte ihnen pflichtschuldigst nach und ging als Erstes in den Supermarkt. Die Leute im Supermarkt hatten kurze Hosen an und sprachen fast alle deutsch. Als ich bezahlte, fragte ich die Kassiererin nach einer bestimmten Eissorte, die ich nicht gefunden hatte.

Die Kassiererin riss die Augen auf und schüttelte den Kopf. Eine Stimme sagte etwas auf Griechisch. Und als ich mich umdrehte, sah ich, dass die Stimme dem Mädchen hinter mir in der Schlange gehörte.

Einem Mädchen mit langen, glatten braunen Haaren etwa in meinem Alter, aber ein bisschen größer als ich. In Jeans und weißem T-Shirt.

Die Kassiererin antwortete auf Griechisch und dann sagte das Mädchen auf Deutsch: »Sie kriegen es wieder rein. Es ist mein Lieblingseis.«

»Meins auch«, sagte ich.

Die Kassiererin gab mir Wechselgeld heraus.

»Ich hab dich gestern im Flugzeug gesehn«, sagte das Mädchen. »Aber du hattest ja immer die Nase in deinem Buch.«

»Stimmt«, sagte ich. »Im Reiseführer.«

»Jetzt brauchst du keinen Reiseführer mehr. Frag einfach mich!«

»Dann bist du also von hier?«

»Bloß halb.«

»Halb?«

»Mein Vater ist Grieche. In den Ferien bin ich fast immer bei ihm.«

»Ist hier immer so'n Wind?«, fragte ich.

»Nicht immer. Aber oft. Hat sogar 'n eigenen Namen: *Meltemi*. Man merkt dann die Hitze nicht so. Aber man muss aufpassen, dass man keinen Sonnenbrand kriegt! Mein Opa sagt, das ist der Atem des Minotauros.«

Sie lachte. Ihre Augen glitzerten. Sie hatte lustige braune Augen.

»Woher kommst du?«, fragte sie übergangslos. Sie sprach sehr schnell.

»Aus München.«

»Oh, Klasse! Ich wollte schon immer jemand aus München kennen lernen! Ich bin aus Nürnberg. Aber jetzt hab ich keine Zeit. Wir könnten uns nachher am Strand treffen!«

»Gern«, sagte ich etwas heiser.

Ich hätte nie geglaubt, dass ich mich ausgerechnet auf Kreta, in einem Ort, der kein Ort war, mit einem Mädchen verabreden würde.

»Um sechs«, sagte sie. »Nee, besser erst um sieben. Geht das?«

»Logo«, sagte ich so cool wie nur möglich.

»Hast du ein Handy?«

Ich hatte. Meine Mutter hatte mir ihres gegeben, in ihrem Ausbruch von Fürsorglichkeit. *Für alle Fälle.* Und ich gab dem Mädchen die Nummer. Auch für alle Fälle.

»Ich heiße Philipp«, sagte ich.

»Ich Ariadne. Aber ich hör auch auf Ari. Tschüüüs!«

Weg war sie. Ohne mir *ihre* Nummer zu geben.

4

Kurz vor sieben war ich am Strand. Viel los war nicht mehr. Die Jungen spielten nicht mehr Fußball.

Inzwischen war mir klar geworden, dass das kein besonders guter Treffpunkt war. Der Strand war ein paar hundert Meter lang. Wahrscheinlich hatte Ari das Stück mit den Sonnenschirmen und -liegen gemeint. Aber dann fiel mir ein, dass ich nicht mal wusste, ob Ari überhaupt in der Anlage wohnte. Im Supermarkt kauften sicher auch andere Leute.

Ich merkte, dass ich mir einen Sonnenbrand geholt hatte. Mir war heiß und meine Haut fing an zu brennen. Dieser Scheißwind. Ari hatte leider Recht gehabt.

Ich konnte nicht länger still stehn und ging am Wasser entlang zum entfernteren Ende der Bucht. Allmählich begann es zu dämmern. Vom Meer her legte sich ein rötlicher Schein über den Strand und die Berge. In diesem Zwielicht sah alles wie gemalt aus. Ich sah keine Menschen mehr, sondern bloß noch Konturen.

Ich kehrte um. Mein Handy plärrte. Ich war sicher, dass es Ari war und fragte: »Was ist los?«

»Wir haben eine Panne und es wird etwas länger dauern«, sagte meine Mutter. »Woher wusstest du, dass ich es bin?«

»Wer soll es denn sonst sein?«

Ich musste ihr ja nicht alles auf die Nase binden.

»Wir sitzen in einem Dorf fest. Es kann spät werden. Geht's dir gut?«

»Warum soll's mir nicht gut gehn?«

»Entschuldigung, der Herr! Entschuldigung!«, sagte meine Mutter spitz.

»Mach dir keinen Kopf«, sagte ich.

»Du auch nicht! Bis nachher!«

Ich lief den Strand hoch zur Straße. Ich schaute mir die Augen aus dem Kopf. Von Ari keine Spur.

Aber dann sah ich sie. Sie trug Jeans und ein weißes T-Shirt wie am Nachmittag. Die Haare fielen ihr auf die Schultern. Sie kam gerade aus einem der Strandrestaurants und ging aus dem Ort, der kein Ort war, heraus. Sie hatte mir den Rücken zugekehrt. Sie hatte mich versetzt! Und sie hatte auch jetzt nicht vor, mich am Strand zu treffen!

Ich folgte ihr. Ich war sauer. Ich musste was tun. Sie einholen und fragen, was ihr einfiele? Ihr den Weg abschneiden und überraschend entgegenkommen? Ich folgte ihr. In die Dämmerung hinein und den steilen Hügel hoch, den ich gestern runtergekommen war. Sie drehte sich nicht um. Auf der Kuppe des Hügels verschwand sie plötzlich. Ich rannte. Außer Atem kam ich oben an. Der Wind hüllte mich in eine Staubwolke. Ari blieb verschwunden.

5

Ich hatte drei Wege zur Auswahl.

Die Asphaltstraße links führte zur Anlage. Die fiel schon mal weg. Zur Anlage hätte sie es von unten näher gehabt. Die Straße rechts schien gleich wieder bergab zu gehen. Blieb noch die Straße dazwischen.

Ich hatte nicht gedacht, dass es so schnell dunkel werden würde. Immerhin war der Sternenhimmel über mir. An der nächsten Abzweigung nahm ich den ungepflasterten Weg, der ziemlich geradeaus erst den Hügel hinunter und dann wieder hinauf ging und sich immer mehr verengte. Der Wind war hier etwas weniger heftig. Aber ich hörte ihn. Er schluckte alle andern Geräusche. Er betäubte mich irgendwie.

Allerlei Zweige und Sträucher hingen von der Bergseite her in den Weg und streiften mir dann und wann über den Kopf. Rechts war ein Olivenwäldchen.

Allmählich wurde mir komisch zu Mute. Vielleicht war es besser umzukehren. Ich kannte die Gegend ja überhaupt nicht.

Ich blieb stehen.

Da sah ich vor mir, weit vor mir, ein Licht aufblitzen. Es verschwand gleich wieder, erschien schwankend an anderer Stelle. Das Licht einer Taschenlampe, die jemand beim Gehen auf den Weg richtet, dachte ich. Und lief in das Wäldchen hinein, das sich sacht zum Tal hin senkte, dem Licht entgegen. Es blitzte auf, verschwand, blitzte auf – wie ein Irrlicht. Schließlich tauchte es gar nicht mehr auf. Ich blieb wieder stehen. Ein Knacken und Prasseln ließ mich zusammenzucken. Sicher ein paar Oliven, die zu Boden gefallen waren. Der Wind fuhr wie verrückt durch die Bäume und es war ein Wunder, dass es nicht Oliven regnete.

Ich ging schräg den Hügel rauf und kam auf einen steil ansteigenden Ziegenpfad, auf felsigem Untergrund und immer wieder von Wurzelwerk durchzogen. Das

Licht blieb verschwunden. Ich stolperte ein paar Mal und fiel hin. Stieß endlich auf einen breiteren Weg. Noch ein paar Schritte und ich stand an einer Biegung. Unter mir ein Tal. Links das Meer, eine größere Ortschaft. Auf der andern Seite die höheren Berge mit den Lichtflecken von ein paar Dörfern. Der Wind zerrte an mir. Ich stemmte mich dagegen.

Dann ging alles sehr schnell. Wie aus dem Boden geschossen umringten sie mich. Ich sah mehr ihre Umrisse als sie. Einer hatte eine Taschenlampe.

»Was willst du hier?«, fragte er misstrauisch. »Warum spionierst du uns nach?«

»Tu ich überhaupt nicht!«

Es waren die Jungen vom Strand. Sie standen mir im Halbkreis gegenüber. Auch sie hatten mit dem Wind zu kämpfen.

»Ich glaube, er will sich seine Abreibung abholen!«, sagte ein anderer. Ich kannte die Stimme. Der Typ, den sie schon heute Morgen festhalten mussten. Jetzt bekam er mich zum Abendbrot. Er ging auf mich zu. Ich spürte, wie die Angst meinen Körper füllte und alle Muskeln spannte.

»Ich hab euch nicht nachspioniert!«, schrie ich.

»Sieht aber verdammt so aus!«, sagte der Junge und stürzte sich auf mich. Das war mein Glück.

Ich kenne ein paar einfache Judo-Griffe. Einer genügte, um den Typen auszuhebeln. Er fiel halb hin und musste sich mit den Händen am Boden abstützen. Ich haute ab, der Wind schob mich den Ziegenpfad hinab, ich stolperte, stürzte, rutschte und rollte den seitlichen Abhang runter, blieb endlich in einem Gebüsch hängen.

Ich hörte sie oben reden. Wahrscheinlich diskutierten sie, ob sie mir folgen sollten.

Ich rappelte mich auf und kämpfte mich weiter durch Gebüsch und Unterholz. Dann hörte ich mein Handy plärren. Aber nicht in meiner Hosentasche. Irgendwo da, wo ich herkam. Ich musste es bei meinem Sturz verloren haben. Hastete zurück und hatte es noch nicht gefunden, als es verstummte.

Die Jungen mussten es auch gehört haben. Oder war der Wind zu stark? Ich tastete mit den Händen den Boden ab. Der Schweiß brach mir aus. Das Handy meiner Mutter! Das hatte mir noch gefehlt!

Nach einer Ewigkeit fand ich es. Ich horchte noch einmal und machte mich wieder auf den Weg. Nach einer weiteren Ewigkeit stieß ich auf einen weiteren Ziegenpfad, der sich am Berg entlang schlängelte, und verschnaufte. Dann folgte ich dem Pfad.

Ich landete auf einem kleinen Plateau. Der Wind tobte. Ich musste mich anstrengen, dass ich auf den Füßen blieb. Kämpfte mich vorwärts. Neben mir wuchs ein Felsengarten aus dem Boden. Ein paar Schritte und ich saß unter einem Felsvorsprung, einigermaßen windgeschützt und sicher vor Blicken. Gerade hatte sich der fast volle Mond über das Bergmassiv gegenüber geschoben und füllte das Tal unter mir mit einem bleichen, weichen Licht. Ein paar versprengte Lichter. Olivenplantagen, Gemüsefelder. Vom Meer nur ein kleines, silbrig glänzendes Stück.

Alles tat mir weh. Ich spürte den Sonnenbrand wieder. Ich war zerkratzt und blutete an den Beinen. Von irgendwoher kam vom Wind verzerrtes Hundegebell.

Von woanders antwortete ein anderer Hund. Und dann piepste mein Handy und kündigte eine SMS an.

Sie lautete: »Bin aufgehalten worden. Ari.«

Ich rief sie sofort zurück. Jetzt hatte ich ja ihre Nummer.

»Wo steckst du?«, fragte ich sie.

»Wo ich *stecke*? Wo steckst *du* zum Beispiel?«

Ich schämte mich plötzlich. Ich hatte ihr nachspioniert. Nicht den Jungen, sondern Ari. Vielleicht hatte sie es sogar bemerkt und …

»Ich …«, sagte ich.

»Du?«

Ich beschloss, die Wahrheit zu sagen. Jedenfalls die halbe. Vielleicht war das sowieso die einzige Chance, je wieder nach Hause zu finden.

»Ich weiß es nicht«, sagte ich.

»Du weißt *was* nicht?«

»Wo ich stecke.«

»Spinnst du?«

»Ich habe mich verlaufen, glaube ich. Ich gucke auf ein Tal mit Olivenbäumen …«

»Verarschen kann ich mich selber!«, sagte sie.

»Nein, wirklich. Scheiße. Ich hab dich vorhin gesehen und bin …«

»*Wo* hast du mich gesehen? Ich war die ganze Zeit bei meiner Oma!«

Ich kam mir vor wie in den Boden gestampft.

»Ich hab geglaubt …«, stotterte ich. »Ich meine, da war ein Mädchen … und es war schon dunkel und du warst nicht gekommen und … ich wollte mir noch etwas … Bewegung machen und …«

Eine Ziege meckerte ganz in der Nähe. Irgendwo in diesem Felsengarten.

»War das eine Ziege?«, fragte Ari.

»Ich war's nicht.«

»Jetzt sag mir mal genau, wo du bist«, sagte sie. Ich glaube, sie kicherte.

»Keine Ahnung«, sagte ich.

»Ungefähr. Beschreib, was du siehst.«

Ich beschrieb es ihr, aber es war ihr zu allgemein.

»Versuch mal, in das Tal runter zu kommen. Und in das nächstbeste Dorf. Und dann schickst du mir eine SMS. Das ist billiger. Tschau.«

Ich brauchte eine knappe Viertelstunde bis runter. Und nochmal zehn Minuten, bis ich auf eine Straße stieß. Da schickte ich Ari eine SMS.

Sie antwortete gleich und gab mir Anweisungen. Lotste mich mit Hilfe weiterer SMS ins nächste Dorf und auf die Hauptstraße. Auf der Straße in den Ort, der kein Ort war, schickte sie die letzte: »Du bist da!«

6

Ich stand vorm Restaurant *Minos*. Ari erwartete mich.

»Mann!«, sagte ich. »Ist das ein Wind!«

»Man gewöhnt sich dran«, sagte sie.

»Wenn man halb von hier ist, vielleicht.«

Sie lächelte.

»Kommst du mit rein?«, fragte sie. »Ich hab oben ein Zimmer.«

Sie ging voraus. Durch den Seiteneingang und rein. Auf der Treppe drehte sie sich zu mir um: »Meinem Vater gehört das Restaurant.«

»Heißt er Minos?«, fragte ich.

»Spinnst du? Mein Vater heißt Janis. Minos war im Altertum König von Kreta ...«

»Und hatte einen Minotauros.«

»Genau. Halb Mensch, halb Stier.«

»Und eine schöne Tochter namens Ariadne!«

Die Tür zu Aris Zimmer stand offen. Sie blieb im Lichtschein stehen, der in den Flur fiel. Sie grinste. Ihre Augen glitzerten.

»Komm rein«, sagte sie.

Ich trat ein.

Das Erste, was ich sah, war der Koffer. Er stand auf dem Boden.

»Hast du Durst?«, fragte sie. »Ich hol uns was zu trinken.«

Sie verschwand.

Ich starrte den Koffer an. Mir war heiß. Ich glühte. Ich fragte mich, ob ich noch richtig tickte.

Ari kam mit einer kleinen Flasche Retsina und zwei Gläsern zurück.

»Trinkst du Alkohol?«

»'n Schluck Sekt hier und da.«

»Dann kannst du dir aussuchen, ob hier jetzt da ist. Ich hab nämlich Geburtstag!«

»Oh!«, sagte ich. »Herzlichen Glückwunsch.«

»Danke. Hast du einen Sonnenbrand?«

Ich nickte. Sie schenkte ein und wir stießen an.

»Meine Oma hat mich aufgehalten«, erklärte sie.

»Sie konnte sich gar nicht mehr einkriegen wegen des Koffers.«

»Wegen des Koffers?«

»Es ist nicht *mein* Koffer«, sagte sie.

Das Handy plärrte in meiner Hosentasche. Ich holte es raus.

»Hallo«, sagte ich.

»Wo steckst du?«, fragte meine Mutter mit ihrer Fünfvorzwölfstimme.

»Ich bin aufgehalten worden«, sagte ich.

»Du hast versprochen …«

»Ich …«

»Und stattdessen treibst du dich rum!«

Ich zog eine Grimasse. Ari auch.

»Habt ihr den Koffer gekriegt?«, fragte ich und hielt die Hand vors Handy, damit meine Mutter mich nicht hören konnte.

»Was ist in dem Koffer drin?«, flüsterte ich.

Ari machte ihn auf.

»Den Koffer gekriegt?«, hörte ich meine Mutter wispern. »Was soll *das* schon wieder? Es war nicht unsrer!«

»Ich hab unsern gefunden«, sagte ich. »Es ist *kein* Anhänger dran.«

»An meinem auch nicht«, sagte Ari.

Ihre Augen glitzerten.

Tanja Dückers

Freibad-Blues

Depressionen im Sommer sind etwas anderes als Depressionen im Herbst oder Winter. Wenn man im November mit düsterer Miene in die Schule kommt, wundert sich niemand, Grauer-Tag-Blues eben, aber im August, bei 32 Grad im Schatten, mit einem Mango-Bananen-Shake im Freibad zu sitzen und sich am liebsten unter die Erde oder auf einen noch unentdeckten Planeten hinter dem Pluto zu wünschen, ist etwas ganz anderes.

Gesa starrt auf die Wellen, die Ingo beim Sprung vom Zehnmeterturm im Wasser aufwirft. Sie schwappen an den Beckenrand, eine Oma mit einer Mütze wie ein Seeigel wischt sich ungehalten Spritzer vom Make-up.

Gesa weiß, Ingo wird denken, sie sei zu feige, vom Zehner zu springen. Bis zum Fünfer hat sie vorgestern mitgemacht, aber heute ist sie nicht ein Mal ins Wasser gegangen. Es ist so heiß, dass man es außerhalb des Freibads kaum aushalten kann. Die Kinos, die Theater, die Klubs sind abends gähnend leer, nur die Straßencafés, die Biergärten, die Wiesen und Parks haben etwas Zulauf. Aber auch nur »etwas«, denn die Stadt wirkt in den Schulferien wie ausgestorben. Gesa hat keine großen Hoffnungen auf einen Sommerurlaub gehabt, denn ihre Eltern verstehen sich nicht mehr und verzichten seit drei Jahren auf gemeinsame Reisen. Letztes Jahr hat Gesa allerdings verdammt viel Glück gehabt: Im Herbst machte ihr Deutsch-Leistungskurs eine Klassenfahrt nach Prag, um auf den Spuren Kafkas zu wandeln, und Ostern besuchte sie ihre Tante Joan für ein paar Tage in London – aber dieses Jahr ist Gesa noch gar nicht aus der City gekommen. Sie hat keinen Pfennig Geld, Tante Joan lebt nicht mehr und eine weitere Klassenreise steht nicht an. Also tut sie jetzt das Gleiche wie in den Osterferien: dreimal die Woche einer Wahrsagerin assistieren und abends babysitten. Aber selbst der so viel versprechende Job bei der Wahrsagerin – die Anzeige hat sie zufällig in einem Keramikmagazin ihrer Mutter entdeckt – entpuppt sich auf die Dauer als reine Routine. Yogi-Tee kochen, Räucherstäbchen anzünden, Duftöle zubereiten, Sternentaler backen, Tücher drapieren, Bücher alphabetisch in die kleine Hausbibliothek einordnen, den Tisch abwischen, ehe sie die Besucher Platz nehmen lässt … Gesa erledigt diese Handgriffe in dem gleichen Tempo, mit dem sie zu Hause ihren Eltern aushilft.

Ihre Mutter ist gerade für drei Wochen mit einer Freundin zu einem Töpferworkshop nach Griechenland gefahren, ihr Vater wird an dem Tag, an dem ihre Mutter zurückkommt, mit zwei Arbeitskollegen zu einer Stabkirchen-Besichtungstour nach Norwegen fliegen. Die Interessen ihrer Eltern sind wirklich schwer in Einklang zu bringen.

Jetzt steht Ingo vor ihr und schüttelt sich so, dass Gesa glaubt, vor einem Rasensprenger zu stehen.

»Hey, hör auf, es reicht!«

»Wieso bist du denn so wasserscheu heute?«

»Ich sitze gern hier und beobachte Leute …«

»Leute? Mich! Wie ich mich blamiere und da oben runterkugele?«

Ingo mustert sie misstrauisch. Er ist ein Jahr älter als Gesa, hat gerade sein Abi mit 1,4 gemacht und ist obendrein auch noch ein sehr guter Sportler. Seine Eltern nagen nicht am Hungertuch und haben ihm zum achtzehnten Geburtstag einen Motorroller geschenkt. Aber offenbar sind das alles nur Äußerlichkeiten, hat Gesa, die bei ihren Freunden ein bisschen als »altklug« gilt, mal überlegt, denn Ingo glaubt ständig, dass man sich über ihn lustig macht. Dass ihn im letzten Sommer – der war noch so, wie ein Sommer sein sollte – gleich drei Mädchen auf einmal anhimmelten (eins davon war Gesa), hat er sich nicht vorstellen können, bis Gesa es ihm lachend ins Ohr flüsterte. Und Ingo hat verschämt gegrinst, sie zärtlich umarmt und gemurmelt:

»Ist mir doch egal, auf die Eine kommt's schließlich an.«

Jetzt lässt sich ihr Freund ins von der wochenlangen Hitze schon gelbe Gras fallen und legt eine nasse Hand auf ihr Knie.

»Wolltest du heute nicht herkommen? Wir hätten auch was andres machen können …«

Ingo sieht sie mit großen Augen erwartungsvoll an.

»Was denn …?«

Gesa muss zugeben, dass sie heute nicht sehr kooperativ ist.

Doch Ingo gibt sich Mühe, nach ihrer Null-Antwort noch Beispiele zu suchen:

»Na, wir hätten mit meinem Roller an den Baggersee fahren können … oder zum Botanischen Garten … oder … an die Ostsee! In drei Stunden ist man da! Wir hätten uns ein kleines Zimmer gemietet und uns eine schöne Zeit gemacht … Freibad … das ist doch eh nur ein schlechter Ersatz …«

»Ingo, es hat nichts mit dem Ort zu tun … die Idee mit der Ostsee ist toll … meine Mutter hockt auf ihrer blöden griechischen Insel … ich glaube, Lesbos, und mein Vater schnallt eh nicht, ob ich weg bin oder nicht … aber … das ist nicht der Punkt … diese Hitze deprimiert mich, Jo.«

Gesa nennt Ingo, wenn sie ihm wohlgesonnen ist, Jo.

»Es ist doch … herrlich … hier.«

Ingo bricht irritiert ab. Vielleicht ist das die Eigenschaft, die Gesa am meisten an ihm liebt: Er tut nie so, als ob er alles im Griff hätte, als ob er auf alles eine forsche Antwort hätte – so wie die meisten Jungs aus ihrer Klasse, die alle ein Selbstbewusstsein wie Pirelli-Breitreifen zu haben scheinen.

Gesa spürt, dass sie jetzt etwas sagen sollte, um die Situation zu klären und Ingo deutlich zu machen, dass ihre schlechte Laune nichts mit ihm zu tun hat.

Ich sollte es ihm sagen, denkt sie. Der Satz wiederholt sich mit dumpfen Hammerschlägen in ihrem Kopf. Ich sollte es ihm sagen. Ich sollte es ihm sagen.

Am Himmel fliegen Fetzenwolken, sie scheinen aus Watte zu sein, die ersten verfrühten Herbstblätter segeln in der Hitze dünnhäutig wie Pergament zu Boden, alles scheint hell, leicht und beweglich zu sein, nur in ihrem Kopf drückt der Satz »Ich sollte es ihm sagen.« mit schwerem Gewicht von innen an die Schläfen.

»Manchmal ... hab ich halt so introvertierte Momente ...«, beginnt Gesa und ärgert sich sofort über sich selber. Wenn sie weiter um den heißen Brei herumredet, können noch Stunden vergehen, ohne dass sie Ingo irgendetwas mitgeteilt haben wird.

»Willst du dann lieber allein sein?«, fragt Ingo jetzt.

Natürlich hat sie ihn auf diese – falsche – Fährte geführt mit ihrem nichts sagenden Satz, wirft Gesa sich jetzt im Stillen vor.

»Nein, nein«, antwortet sie ausweichend.

Ingo blickt sie verstohlen an, sie schweigen. Gesa spürt, wie ihr Schweiß von der Stirn über die Nasenwurzel bis an die Oberlippe rinnt. Dann spürt sie den salzigen Geschmack an ihrer Zunge, in ihren Mundwinkeln.

»Hat es irgendetwas mit ... Marion zu tun?«, fragt Ingo jetzt.

»Jo, nein ... ich bin nicht so ...«

Marion ist Ingos Exfreundin. Nach ihrer Trennung, ein halbes Jahr, bevor Gesa und er ein Paar wurden, sind sie noch locker miteinander befreundet geblieben; sie sehen sich gelegentlich, um ins Kino oder etwas trinken zu gehen. Meistens äußert Ingo sich nachher ziemlich distanziert über diese Treffen. Noch nie hat Gesa Ansätze von Eifersucht gezeigt. Offenbar kramt Ingo in jedem Winkel seines Hirns nach Gründen für mögliche Depressionen. Höchste Zeit, einzugreifen! Doch Gesa murmelt nur »Nein, nein, nein. Mach dir keine Gedanken.«

Ist sie *zu* traurig, um überhaupt noch die Kraft für ein Gespräch aufzubringen?

»Du brauchst nicht bei mir zu sitzen, Jo… ich … ich bleib ein bisschen hier und beobachte die Leute, du willst doch sicher noch schwimmen …?«

Ingo seufzt auf und wirft Gesa einen gekränkten Blick zu. Heute ist auch alles verkorkst.

Gesa sieht ihm hinterher, wie er langsam, als wolle er eigentlich lieber wieder umkehren, zum Becken schlendert. Er ist groß und kräftig, aber an seinen etwas linkischen Bewegungen erkennt man doch noch sein Alter.

Wieso kann sie sich ihm nicht anvertrauen? Ingo ist doch der Lichtblick in ihrem Leben, seitdem ihre beste Freundin plötzlich aus der Stadt weggezogen ist – sieben Autostunden entfernt. Und seitdem ihre Eltern nur noch miteinander streiten.

Gesa tröpfelt etwas von ihrem Milchshake, den sie immer zu Hause macht und heimlich mit ins Freibad nimmt, auf ihre Zehen. Ein, zwei, drei, vier … zehn kleine Tropfen, auf jeden Zeh einen. Warum macht sie jetzt so einen Unsinn?

Sie kneift die Augen zusammen, denn die Sonne blendet; aus einem schmalen Spalt beobachtet sie, wie Ingo wieder den Zehnmeterturm erklimmt. Andere Jungen springen vom Fünfer und geben den Rest des Tages damit an, Ingo springt seit Jahren vom Zehner und grämt sich, dass sein Sprung nicht perfekt ist.

Gesa schließt jetzt die Augen. Die Hitze, die Sonne, all die Leute in ihren grellen Badeanzügen, Badehosen, mit ihren bunt bedruckten Handtüchern, all die Eisverkäufer, die kleinen Kinder, die sich erschrecken, wenn es aus dem Hörnchen kalt auf ihre Füße tropft, die Mütter, die ihre Kinder verscheuchen, um nicht beim Lesen einer Zeitschrift gestört zu werden, die Väter, die erst gar nicht mit ins Freibad kommen ... ja, die unsichtbaren Gäste sind es, die Gesa besonders hasst. Aber sie hasst heute alle.

Ingos Sprung ist diesmal perfekt und einige Mädchen drehen sich vom Beckenrand bewundernd zu ihm um, doch Gesa empfindet nichts dabei. Vielleicht wird sie nie wieder etwas empfinden. Vielleicht wird der Schmerz auch langsam nachlassen wie die Hitze einer zu heißen Speise am Gaumen.

»Nur wegen dir sind wir zusammengeblieben – wenn du es genau wissen willst.«

Ihre Mutter, die im Kuss vereinte Münder, ineinander verschlungene Wesen und leuchtend rote, an Geschlechtsteile erinnernde Formen töpfert, hat nicht aufgeschaut, als sie das sagte. »Wenn du es genau wissen willst«, wiederholte sie noch einmal. Dann hat das Telefon geklingelt und sie verschwand in ihrem bis zu den Füßen reichenden Strickkleid im dunklen Flur, wo man ihre Umrisse kaum noch erkennen konnte.

Das ist alles.

Vorher hat Gesa mit ihrem Vater gesprochen. Aber ihr Vater hat nur davon geredet, dass »das« – gemeint waren die Splitter einer zerbrochenen Kanne auf dem Wohnzimmerboden – »letztendlich normale Tiefphasen in einer Ehe« seien.

Gesa ist es ein Rätsel gewesen, mit welcher Ruhe ihr Vater wieder sprechen konnte – keine fünf Minuten, nachdem er das Lieblingsstück ihrer Mutter zertrümmert hatte. Sie sah, dass seine Lippen ein wenig zitterten und seine Hände mit einem alten, längst abgelaufenen Theaterprogramm, das auf dem Tisch gelegen hatte, spielten, aber es gelang ihr nicht, einen weiteren, ehrlicheren Satz aus ihm herauszubekommen.

Bevor ihre Mutter sich mit ihrer Freundin in den Jeep setzen und nach Griechenland fahren würde, wollte Gesa noch mal mit ihr sprechen, doch es gab einfach keine Gelegenheit mehr. In den zwei in Gesas Erinnerung kaugummilangen Tagen, die zwischen dem schrecklichen Satz vor der Töpferscheibe und der Abfahrt des Jeeps lagen, war ihre Mutter hektisch zwischen aus Regalen und Schränken geworfenen, auf den Boden verteilten Kleidungsstücken, Büchern, Töpferwerkzeugen, Medikamenten, Reiseführern und dem ewig klingelnden Telefon hin und her gesprungen. Wenn Gesa einen Satzanfang im Kopf vorformulierte, rief ihre Mutter, bevor sie auch nur Luft holen konnte: »Kleine, tu mir den Gefallen und übernimm den Abwasch, ich schaff das heute nicht.«

Zu allem Überfluss war auch noch ihr sonst eher durch Abwesenheit glänzender Vater ständig in Koffernähe aufgetaucht, es schien, als wollte er ihre Mutter mit seinen permanenten Fragen und Bitten ein wenig aus dem Konzept bringen – und vielleicht doch noch am Fahren hindern?

Was wusste Gesa schon.

Ihr Vater wird jetzt, wo sie den sanften Kraulbewegungen ihres Freundes zusieht und beobachtet, wie seine von der Augustsonne braunen, leicht behaarten Arme das Wasser in regelmäßigen Abständen durchteilen – ihr Freund, den sie liebt, dem sie sich aber aus Gründen, die ihr unklar sind, nicht anvertrauen kann –, ihr Vater wird jetzt in seinem auch im Hochsommer kühlen Büro sitzen, einem Büro, in dem die Jahreszeiten niemals zu spüren sind und jede Veränderung der Außenwelt immer ausgeglichen wird, ihr Vater wird dort an seinem Glasschreibtisch sitzen, mit einem Glas grünem Tee in der Hand, und auf eine Glasvitrine schauen, in der all seine Modelle für »Bürobauten aus Glas« stehen.

Was schlummert in meinem Vater, hat Gesa sich manchmal gefragt, wenn sie sah, mit welchem Ausdruck von Schadenfreude er Fliegen im Treppenhaus abklatschte – und erst recht an jenem Abend, als er die Kanne ihrer Mutter zertrümmerte. Aber ihr wortgewandter Vater sprach Minuten danach nur von »normalen Tiefphasen einer Beziehung«.

Der Sommer ist eine Zumutung. Ihre Klassenkameradinnen haben ihr Karten aus Italien, aus Spanien, den USA und sogar aus Australien geschickt, in drei Wochen würde ihre Mutter ihr ein Souvenir aus Griechenland und in sieben Wochen ihr Vater ein Mitbringsel aus Norwegen überreichen. Vielleicht würden dann ein knallroter »Mundmund«, wie Gesas Mutter ihre Kuss-Skulpturen nennt, und ein kleines glänzendes Modell einer Stabkirche nebeneinander auf ihrem Schreibtisch stehen.

Es ist zum Heulen.

Glaubten die beiden wirklich, sie seien »zusammen« geblieben? Wo wäre der Unterschied, wenn ihr Vater drei Straßen weiter wohnen würde? Oder in einem ganz anderen Bezirk? Vor ihrem inneren Auge sah Gesa nun ihre Mutter mit ihrer unzerstörten Lieblingskanne in der Hand in einer riesigen, vaterfreien Töpferwerkstatt, irgendein bärtiger Mann, vielleicht aber auch eine Frau mit langen roten Haaren an ihrer Seite, eine Sonne, mild und weich, so anders als diese Augustsonne, im angelehnten Fenster. Und sie sah auch ihren Vater, wie er mit einem hauchdünnen Bleistift, der kaum das Papier berührte, die filigrane Konstruktion einer Brücke, die über dem Wasser zu schweben schien, abzeichnete. Im Hintergrund stand eine Frau – Gesa sah in ihrer Vorstellung eine streng gekleidete Asiatin – die, ohne viel Aufhebens zu machen, sich an der nur auf dem Papier sichtbar werdenden Freude ihres Mannes mitfreute.

Jetzt steht Ingo vor ihr, doch diesmal schüttelt er sich nicht, sondern bleibt mit vor der Brust gekreuzten Armen fröstelnd vor Gesa stehen. Seine Augen sind auf sie gerichtet, er sucht etwas auf ihrem Gesicht, eine Erklärung, er wartet ab. Gesa versucht, so etwas wie Wärme, Zuneigung in ihre müden, von der Sonne und dem wenigen Schlaf in den Nächten vor der Abreise des Jeeps erschöpften Augen zu legen, sie will wenigstens eine Hand zum Gruß heben, sie liebt doch Ingo, der nicht so fordernd ist wie andere Jungen, der überlegt, bevor er handelt, der auf sie wartet … aber diesmal fehlt auch ihr die Kraft.

Später, als Ingo vor einer Heißwasserdüse hockt und sich den Rücken massieren lässt, wobei er immer wieder scheu und voller Sehnsucht zu ihr hinschaut, nimmt Gesa ihre Badesachen und die Milchshake-Flasche vom gelben Gras, packt ihren bestickten Leinenbeutel – ein Geschenk ihrer Mutter – und geht allein, mit langsam schlurfenden Schritten zum Bus. Als sie in der letzten Reihe Platz nimmt, kommt ihr auf einmal der Gedanke, dass es vielleicht gut tun und richtig sein könnte, traurig zu sein, im Kopf die leise Melodie des Freibad-Blues zu hören, und dass sie gefälligst niemand davon abhalten oder mit Fragen und Bitten nerven sollte. Schon gar nicht im August.

John von Düffel

Remember Richard Klein

»Aber das ist ja …« Simone kommt geradewegs aus der Kaffeeküche auf mich zu, einen Becher mit dem Aufdruck ›Chefsache‹ in der Hand und eine hellbraune Tropfenspur am Kinn. Ungläubig starrt sie mich an, während ich innehalte wie ertappt und meine Koffer sinken lasse. Für Sekundenbruchteile steht ihr Gesicht auf der Kippe: Erkennt sie mich wieder? Bin ich es wirklich? Dann ruft sie aus: »Du hast dich überhaupt nicht verändert!« Was ich nicht so recht glauben kann, aber Simone muss es ja wissen und jetzt ist es ohnehin zu spät, denn die Kollegen vom Einkauf sind plötzlich aus ihrem Büroschlummer erwacht und schauen neugierig über die brusthohen Trennwände. Mein Urlaub ist endgültig vorbei.

»Er hat ein bisschen zugelegt«, findet eine blasse, teiggesichtige Sekretärin, deren Namen ich mir schon aus Prinzip nicht merken kann. »Zugelegt?«, ereifert sich ihre Nachbarin, »so schlank war er noch nie!« – »Das macht die Bräune«, schaltet sich Neumann ein, der Wichtigtuer, »wartet mal, bis der Lack ab ist. Ich gebe ihm drei Tage, dann ist er wieder ganz das alte Elend.« Wobei ich mich nicht erinnere, jemals in irgendeiner Form »Elend« gewesen zu sein, jedenfalls nicht im Büro und schon gar nicht vor Neumann, mit dem ich mich keineswegs vergleichen möchte, aber selbst in meinen elendsten Zeiten war ich nicht halb so viel »Elend« wie er.

Neumann lacht. Ich grinse dümmlich und sehe mich Hilfe suchend nach Simone um. Aber von ihr ist keine Schützenhilfe zu erwarten und ich selbst bin außerstande, mich zu wehren. Nach Wochen voller Sonne und Schweigen sind meine Reflexe viel zu lahm. Außer Speisekartenpoesie und Restaurantfloskeln habe ich seit langem nichts mehr über die Lippen gebracht. Für ein Verbalscharmützel auf dem Flur fehlt mir der bürobedingte Innendruck und eine gehörige Portion heimatlicher Lebensbosheit. Ich bin das Gegenteil von schlagfertig. Ich war zu lange weg.

Zu allem Überfluss kommt auch noch Röder um die Ecke. Ich sehe ihn als Letzter, natürlich, und will ihn mir mit einem Gruß vom Leib halten, doch er steht bereits hinter mir und haut mir mannhaft auf die Schulter, ein Schlag, den ich ohne weiteres verkraften könnte, wenn er nicht seine Hand in meiner Nackengegend liegen lassen würde, um mir dann sacht durchs Haar zu streichen und den Hinterkopf zu tätscheln. Ich bin entsetzt, nicht so sehr über Röder, dem ich alles zutrauen würde, sondern vor allem über mich. Gehöre oder gehörte ich jemals zu der Sorte von Menschen, die sich von einem stellvertretenden Abteilungsleiter den Hinterkopf tätscheln lassen? So langsam werde ich mir selbst suspekt.

Ich sitze zum ersten Mal in diesem Sommer am Schreibtisch und sehe meine Post durch, ohne sie zu öffnen, als plötzlich das Telefon klingelt. Kaum zu glauben, dass jemand nach all den Werktagen und Wochen, die ich weg war, genau den richtigen Moment abpasst, um mich hier zu erreichen. Und wozu? Es gibt, glaube ich, niemanden auf dieser Welt, dem ich momentan helfen kann. Das ist bedauerlich, hat aber die Welt in letzter Zeit nicht allzu sehr gestört. Von daher wäre es für alle das Beste, wenn sich der Mensch am anderen Ende schlicht verwählt hätte.

Aber vielleicht liegt der Fall auch völlig anders und dieser Anrufer hat es direkt auf mich abgesehen. Möglicherweise hat er in meiner Abwesenheit einen regelrechten Telefonterror veranstaltet und den Apparat hier klingeln lassen, aller Aussichtslosigkeit zum Trotz – anfangs ununterbrochen, zehn- bis zwölfmal hintereinander, dann eher stichprobenartig über den Tag verteilt. Mittlerweile ist sein Schreibtisch voll von Kerbungen und Kritzeleien des Hasses und der Ungeduld. Ich bin eine tausendfach zu Tode gefolterte Voodoofigur in seiner Schublade. Es geht ihm schon längst nicht mehr um sein Anliegen. Er will nur noch mich. Er will sich an mir rächen, jetzt erst recht, für all die verlorene Lebenszeit, die er am Telefon verbracht hat, mit dem Hörer am Ohr und dem Rufzeichen im Sinn. Er will Wiedergutmachung für sämtliche sich zu Stunden und Tagen summierenden Minuten, die er vergeblich auf eine Antwort von mir gewartet hat und in denen er an nichts anderes denken konnte als an mich, während ich sorglos am Strand saß und es mir gut gehen ließ. Ich habe sein Leben zerstört.

Das Klingeln reißt ab, Gott sei Dank, denke ich,

doch es geht nach einer kurzen Unterbrechung wieder los, was sehr für die Voodoo-Variante spricht. Ich beschließe, besser keine schlafenden Hunde zu wecken und das Telefon zu ignorieren. Ein, zwei Flüche mehr oder weniger auf meinem Haupt, das macht den Kohl jetzt auch nicht mehr fett. Stattdessen widme ich mich wieder in aller Ruhe meiner Post, die ich nach Größe und Gewicht sortiere. Ordentliche Stapel türmen sich im Halbkreis vor mir auf. Es scheint mir das Klügste, mich nicht gleich am ersten Tag zu überanstrengen.

»Was ist los?« Simone steht auf einmal mitten im Raum, ich bin starr vor Schreck. Der Kaffeefaden an ihrem Kinn ist verschwunden. Stattdessen trägt sie eine weite, blaue Bluse, die ausgezeichnet zu ihr passt. Erst jetzt fällt mir auf, wie gut sie aussieht mit ihren dunklen Augen, schwarzen Locken und diesem nachgerade klassischen, griechisch-römischen Gesicht. – Wie war noch mal die Frage?

»Warum nimmst du nicht ab?«

Eins nach dem anderen, möchte ich sagen, beiße mir aber rechtzeitig auf die Lippen. Es ist zu offensichtlich, dass ich momentan mit nichts beschäftigt bin außer der geistig anspruchslosen Tätigkeit des Poststapelns, einer niederen Verrichtung, die mich nicht daran hindern sollte, wenigstens ans Telefon zu gehen. Ich komme mir umständlich, faul und ungeschickt vor. Ich bin ein Versager, ich sehe es ein, aus mir wird nie etwas. Simone dagegen riecht gut, cremig, samtig und sehr weich. Diesen Geruch werde ich inhalieren wie ein Süchtiger, sobald sie weg ist. Aber noch ist sie da und schaut mit vor der Brust verschränkten Armen steil auf mich herab, während ich in meinem Schreibtischsessel immer tiefer sinke.

»Entschuldige«, sage ich stumpf und schiebe ein ziemlich brüchiges Verliererlächeln hinterher, »bin gerade erst angekommen.« Was ihr klar sein dürfte. Simone verzieht keine Miene, ein Marmorgesicht ohne Makel, zum Niederknien unnahbar. Ich hätte vielleicht sagen sollen: ›Wieso telefonieren, wenn wir uns Auge in Auge sprechen können …‹ Das wäre sicher die charmantere Eröffnung gewesen. Nur dummerweise weiß ich nicht mehr, auf wie vertrautem Fuß wir vor den Ferien standen. Irgendwann, das habe ich im Gefühl, waren wir beide schon mal sehr intim, Simone und ich. Ich sehe sie vor mir liegen, ihre leuchtend weiße Haut in der Dunkelheit, ich sehe, wie sie ihren Kopf mit lauter schwarzen, in der Nacht verlaufenden Haarschlangen an meiner Schulter birgt, ich sehe ihre Hand auf meiner Brust und wie sich ihre Fingerspitzen aufwärts biegen. Aber war das der letzte Stand der Dinge?

»Darf ich mich setzen«, fragt sie.

»Sicher«, sage ich leicht überhastet und springe auf wie ein Schuljunge, um ihr einen Stuhl zurechtzurücken. Wir bleiben unvermittelt voreinander stehen. Ihre Haut ist wirklich sehr weiß, aber warm. Mir ist vollkommen schleierhaft, was eine solche Frau an mir finden konnte.

»Wie wär's, wenn wir nachher in der Kantine einen Happen zusammen essen?«, höre ich mich sagen, ein Satz, den ich bereue, sobald er in der Welt ist. Mir liegt das Economy-Class-Catering noch schwer im Magen.

Es war keine gute Idee, vom Flieger direkt ins Büro zu eilen, auch wenn es durchaus etwas für sich hatte, meinen Urlaub bis zur letzten Minute auszukosten.

Simone schaut mich unverwandt an und schweigt. Habe ich jetzt was Falsches gesagt? Für alles, was ich tue oder lasse, fallen mir augenblicklich drei verschiedene Entschuldigungen ein. Was ich bräuchte, wäre ein Generalpardon für meine Existenz. (Ich kann von Glück reden, dass ich mit dieser Ferienfliegerbräune im Gesicht zurückgekommen bin, sonst würde mich Simone abwechselnd erröten und erblassen sehen.)

»Du hast zu tun?« Mein wunder Punkt. Sie findet ihn sofort, ein Kinderspiel. Ich bin das Gegenteil von einem Schwarzarbeiter, ich bin ein braungebrannter Arbeitsloser, der sich mit Anzug und Krawatte tarnt und seine Strandgarderobe im Aktenschrank versteckt. Ich –

»Dies und das«, unterbreche ich mich und grinse mit der Zuversicht eines Versicherungsvertreters. Das sind alles nur die Nachwirkungen des Urlaubs, versuche ich es positiv zu sehen, du bist zum Urlaub machen einfach zu begabt. Deine Anpassungsfähigkeit geht so weit, dass du nach ein paar Wochen Hotelleben die Handtücher zu Hause einfach auf den Boden fallen lässt.

»Das sieht dir wieder mal ähnlich.«

Das hat mit Faulheit nichts zu tun, ich bin ein Ferientalent! Andere halten so viel freie Zeit gar nicht aus und stürzen sich verzweifelt in Fortbildungen und Sommerseminare, dafür bin ich nicht der Typ. Meine Stärke ist Abschalten und Entspannen. Wer ist denn heute noch imstande, wirklich loszulassen? (Vielleicht sollte ich in die Tourismusbranche wechseln.)

»Wir haben uns seit Monaten nicht gesehen«, Simone setzt sich auf meinen Schreibtisch und schiebt eine ansehnliche Pobacke messerscharf über die Tischkante, »aber du denkst nur an deine Arbeit und vertröstest mich auf die Kantine!«

Sie schaut mich an, ich schaue sie an. Simone ist mir böse, ich fasse es nicht. Ich habe sie zu einer Art Gefühl bewegt, Wut, wenn man so will, kein sonderlich schönes Gefühl, zugegeben, aber immerhin eine Regung des Herzens. Das hätte ich mir gar nicht zugetraut.

»Was glaubst du eigentlich, wer du bist?« Simone stößt sich von der Schreibtischkante wieder ab und wirbelt mit schnellen, spitzen Schritten über die Auslegeware. So viel Bewegung ist für meine Augen völlig ungewohnt. »Ich hatte gehofft, du würdest die freie Zeit nutzen und deine Prioritäten neu überdenken. Aber nein! Du fängst genau da wieder an, wo du aufgehört hast!«

Ich kann, offen gestanden, nicht ganz folgen.

»Du änderst dich nie, ich hätte es wissen müssen, Karriere, Karriere, ohne nach links oder nach rechts zu schauen, sondern immer nur vorwärts, höher, schneller, weiter. Du bist so ein …« Ich hätte jetzt wirklich gerne gewusst, was ich bin, doch Simone lässt das offen und schüttelt nur den Kopf. »Und ich, ich bin für dich bestenfalls der Nachtisch, ein Betthupferl auf dem Kopfkissen eines Fünf-Sterne-Hotels, angenehme Nachtruhe! Aber was beklage ich mich, ich war ja gewarnt …«

Moment, möchte ich kurz dazwischenrufen, jetzt aber mal der Reihe nach! Doch Simone ist nicht zu bremsen und empört sich sehr glaubhaft über meine Rücksichtslosigkeit, was mir ein bisschen Leid für sie tut, weil ich den Faden längst verloren habe. In gewisser Weise schmeicheln mir ihre Vorwürfe, sie sind so anders als alles, was ich selber an mir auszusetzen habe. Ich hätte nie gedacht, dass ich einen derart zielstrebigen Eindruck auf meine Mitmenschen mache, ich ausgerechnet, der ewige Zögerer und Zauderer, der nach jeder getroffenen Entscheidung noch wochenlang mit den Phantomschmerzen der Reue zu kämpfen hat. Aber bitte. Vielleicht hat Simone ja Recht und ich bin tatsächlich jemand, der weiß, was er will, obwohl er, also ich, das ja eigentlich am besten wissen müsste.

Simone ist jetzt bei meinen Versäumnissen der letzten Monate angelangt, wobei mir auf einmal siedend heiß einfällt, dass ich ihr noch immer keinen Stuhl angeboten habe. Allerdings dürfte ihr momentan kaum mehr nach Hinsetzen zu Mute sein, vor lauter Unruhe flimmert sie förmlich im Raum.

Das Ganze erscheint mir auf einmal symptomatisch. Nach meinem Gefühl habe ich den Stuhl für Simone schlicht verschwitzt, während sie eben dies als weiteren Beleg meiner Gefühlskälte und Karriereversessenheit auffassen muss, und zwar unabhängig von der berechtigten Annahme, dass es sie wohl kaum länger als zwei Minuten auf der Sitzfläche gehalten hätte. Der Umstand, dass ich diesen komplizierten Sachverhalt durchschaue, lässt mich in meiner Achtung weiter steigen. Vielleicht liegt Simone alles in allem doch nicht so falsch und ich bin ein ziemlich gerissener Hund.

Jedenfalls bin ich niemand, der seine Zeit mit Stühlen für Menschen mit Hummeln im Hintern vergeudet.

Simone redet sich unverändert in Rage, doch so langsam fängt ihr Ausbruch an, mir zu gefallen. Auf ihrem blassen Teint zeichnen sich hier und da kleine rote Flecken ab, etwas größer als Sommersprossen, aber genauso in Tupfen über ihre Wangen verteilt. Ich nenne sie Zornessprossen und mag sie sofort, schon allein um des Wortes willen. Meine Beredsamkeit kehrt zurück. Im Zungenwurzelbereich spüre ich deutlich, wie sich die Vokabelohnmacht der letzten Wochen verflüchtigt und das innere Verstummen des Alleinreisenden einer ungeahnten Fabulierlust weicht. Ich schmecke Muttersprache, ich bin wieder da.

Plötzlich kommt Simone im Stichgang auf mich zu. Sie will meine Aufmerksamkeit wieder an sich reißen, das verstehe ich gut. Nur eine Handbreit vor mir stoppt sie ab und funkelt mich mit ihren dunklen Augen an, wobei sie jetzt so nah ist, dass ich mich für die linke oder die rechte Gesichtshälfte entscheiden muss. Beidseitig geht nur mit Silberblick. Ihre Stimme senkt sich auf Flüsterniveau, was wohl bedeuten soll, dass jetzt der persönliche Teil kommt. Doch leider bin ich durch die anstehende Gesichtshälftenentscheidung abgelenkt und kann Simone gleichsam nur mit einem Ohr zuhören. Ihre linke Augenbraue ist wunderbar bogenförmig, schwungvoll gestrichen und hoch elegant, während die rechte ein wenig gerupft aussieht. Zudem hängt das rechte Lid deutlich tiefer als das linke, überwölbt von einem leicht mongolisch anmutenden Wulst, der auch die angrenzende Wangenpartie in Mitleidenschaft zieht und einen schlaffen bis matschigen Eindruck erweckt. Simones Schokoladenseite ist eindeutig links. Dafür ist der Blick rechts tiefer: ruhend und unbewegt in seiner Teiloffenheit, aber gerade dadurch unendlich lasziv. (Ich darf auf keinen Fall vergessen, Simone bei Gelegenheit zu fragen, ob sie Links- oder Rechtsäugerin ist. Das wäre physiognomisch sehr aufschlussreich.)

»... und da glaubst du, du kannst hier einfach hereinspazieren und so tun, als wäre nichts gewesen?!«

»Ich höre dir zu«, wende ich mich so treuherzig wie möglich an ihr linkes Auge, als Simone mit einem Mal innehält und mich teils erwartungshungrig, teils streitlustig anblitzt. Links hoffe ich mehr Verständnis zu finden. Vermutlich werde ich das gesamte Gespräch über die linke Seite laufen lassen. Sie scheint Argumenten zugänglicher, während ich mir Simones animalische Rechte für wortlos vielsagende Blickwechsel bei Kerzenschimmer vormerke.

»Du spielst ein gefährliches Spiel, Richard, ich warne dich ...«, fährt sie fort und gibt mir damit Gelegenheit, meinem Ruf als guter Zuhörer gerecht zu werden, indem ich verständnisvoll und ohne falschen Eifer nicke. Ich bin mir nicht ganz im Klaren darüber, welches von meinen Augen Simone ihrerseits bevorzugt. Aber ehe ich das vertiefen kann, wendet sie sich mit einer schnellen Links-Rechts-Kombination wieder ab und redet ambulant auf mich ein. Der Nahkampf scheint fürs Erste beendet. Ich bin noch einmal davongekommen.

»Auch wenn es dir nicht gefällt, ich habe in der Zwischenzeit mit Elena gesprochen und wir sind beide der Meinung, dass es nach allem, was passiert ist, das Beste wäre …«

Ich lasse meinen Blick wie nebenbei über die Poststempel schweifen – auf der Suche nach dem am weitesten zurückdatierten Brief. Die entscheidende Frage scheint mir zu sein: Wie lange war ich wirklich weg? Wenn ich Simone gleich in diesem Punkt beweisen könnte, dass sie heillos übertreibt, würde das Gerüst ihrer Anschuldigungen wie ein Kartenhaus in sich zusammenstürzen. Allerdings habe ich durch ein, zwei Schübe Sommergrippe, diverse Umbuchungen und Verlängerungen selbst ein wenig den Überblick verloren. In der Rückschau erscheint mir mein kompletter Urlaub wie ein einziger ereignisloser Sonnentag, unterbrochen nur durch ein paar gelegentliche Sprünge ins wohltemperierte Wasser und die obligatorischen Gänge zum Büffet. Wenn ich vorausblicke auf das, was an Arbeit auf mich zukommt, fühle ich mich, als sei ich überhaupt nicht weggewesen. So oder so war mein Urlaub keine Sekunde zu lang, und falls Simone etwas anderes behauptet, täuscht sie sich. Dann, plötzlich, bleibe ich an der leicht verblassten Adresse eines handgeschriebenen Briefes hängen, der laut Posteingangsstempel über fünf Wochen alt ist, und bin widerlegt.

»Schau mich an, wenn ich mit dir rede!« Ich lasse das Kuvert sofort wieder fallen. Simone ist jetzt wirklich sauer, links wie rechts. Nirgendwo in ihrem Blick ein Funke von Humor oder Gnade. Sogar ihr Matschauge scheint verschwunden: Das Hängelid ist weggeklappt, die Wimpern glänzen seidig, und vom Jochbein bis zum Unterkiefer zeigt ihre Haut eine ganz und gar fallobstuntypische Straffheit. Simone ist schön, wenn sie so wütend ist. Das gibt ihr Recht. Und alles, was ich momentan zu meiner Verteidigung zu sagen hätte, wäre, dass ich bei einem meiner zahllosen Sonnenbäder am Strand irgendwie zwischen alle Realitäten gerutscht sein muss.

»Du bist krank, ist dir das eigentlich bewusst? Ich habe dich lange in Schutz genommen, aber du bist wirklich krank.« Ich schaue betreten zu Boden, seltsam erschöpft auf einmal. Im Augenblick habe ich Simone nichts entgegenzusetzen, kein Sterbenswörtchen. Ich weiß gar nichts mehr.

»So kann es doch nicht weitergehen, Richard, ich bitte dich. Wo soll das hinführen?« Mein Name in ihrem Mund berührt mich wehmütig wie eine Erinnerung. Es ist mir momentan unbegreiflich, warum ich ohne sie gefahren bin. Mit Simone an meiner Seite wäre ich auf dem Hotelgelände nicht so zwischen Himmel und Hölle hin und her geschwankt, Spielball meiner Berührungsängste und abhängig von der Gunst des Servicepersonals wie ein Flittchen. Ich wäre niemals so beschämend glücklich gewesen über jedes halbwegs nette Lächeln und dann wieder ins Mark getroffen durch die Nichtbeachtung eines Aushilfskellners. Simone hätte mich vor dem Schwund bewahrt, der schon nach wenigen Tagen um sich greift und zwei, drei Wochen später in die völlige Entleerung mündet. Nach und nach fallen die eigens zugelegten Urlaubsgewohnheiten dem Schlendrian der Erschlaffung anheim. Selbst das Einhalten der ungefähren Essenszeiten wird zur Qual. Was bleibt, ist der dämmerartige, halbwache Zustand, in dem man wie von fernher die Verflüssigung der Zeit erlebt, die einem mit wechselnden Sonnenständen auf immergleiche Weise über die Haut wandert, während der geistige und körperliche Formverlust weiter fortschreitet bis hin zur völligen Auflösung in weichtierhaftes Wohlgefallen.

»Simone, ich …«

Ich verabscheue die Unselbstständigkeit, in die ich mich gewissermaßen freiwillig begeben habe, die ach so angenehme Falle des Komforts, in der bereits jeder Gang vom Liegestuhl zur Luftmatratze eine schier unzumutbare Kraftanstrengung bedeutet. Das Nichtstun breitet sich aus wie ein Gift, lähmend und zuckersüß, während man auf der anderen Seite vor lauter Sterbenslangeweile froh ist über jeden Mückenstich, den man mit Inbrunst kratzen kann, oder über das geschmacklose Kleid der Tischnachbarin, das einem mehrere Minuten selbstvergessenes Kopfschütteln beschert.

»… du hast mir gefehlt, Simone …«

Oder die Fliege im Zimmer, die man zusammen mit ein paar dauerlosen Stündchen Zeit totschlagen kann. Oder das Ungeziefer am Bettpfosten, das uralte Jagdinstinkte wieder zum Leben erweckt und einem über die halbe Nacht hinweghilft bis zum Wiederanbruch der Schlaflosigkeit. Oder eine Wolke am Himmel, die genügend Gesprächsstoff bietet, um wenigstens für zwei, drei Sätze übers Wetter die eigene Stimme zu hören.

»… ich habe viel an dich gedacht.«

Das Telefon klingelt. Ich nehme sofort ab. Diesmal muss es einfach sein. Viel zu lange habe ich mich dem Luxus meiner eigenen Sinnlosigkeit hingegeben. Damit ist jetzt Schluss.

»Ja, bitte?«

»Du bist und bleibst ein Workaholic.« Es ist Simone, die mir das ins andere Ohr flüstert und geht. Für einen Augenblick bin ich sprachlos, finde es dann aber doch ganz nett.

Man kann über Simone sagen, was man will, aber sie weiß, wie man mich aufbaut. Eben noch war ich ein sonnenträges, hitzeverblödetes Ferienwrack. Jetzt sprühe ich vor Tatendrang und nehme am Telefon mit spielerischer Leichtigkeit den Faden wieder auf, als wäre er nie gerissen. Mir fallen Namen und Sachverhalte ein, von denen ich schon gar nicht mehr wusste, dass ich sie überhaupt vergessen hatte. Die Argumente fliegen mir zu. Ich kann meinen Job. Ich bin gut. Sogar die Berge von Post sind in Windeseile abgearbeitet – bis auf drei, vier Angelegenheiten, die ich mir für später aufhebe. Handgeschriebenes muss selbstverständlich warten.

Mittagszeit ist gerade durch, als ich das nächste Mal auf die Uhr schaue. Ich verspüre keinerlei Hunger, und die Trockenheit in meinem Mund ist nicht Durst, sondern äußerste Konzentration. Noch fünf Telefonate auf meiner Liste. Dann komme ich schon zu dem, was ich mir eigentlich für morgen vorgenommen hatte. Wenn Workaholic sein bedeutet, dass man die Arbeit von anderthalb Monaten an einem einzigen Tag erledigt, dann bin ich Workaholic, und zwar mit dem größten Vergnügen.

Es gibt ein bisschen Ärger mit der Materialbeschaffung und auch die Hauspost ist nicht mehr das, was sie mal war. Aber das kann mich nicht aufhalten. Mein Kalender füllt sich. Nahtlos reihe ich Termin an Termin. Diese Woche und die nächste sind gerettet, schon jetzt, und es ist kein Ende abzusehen. Ich kehre nicht einfach nur an meine alte Wirkungsstätte zurück und bringe mich in Erinnerung, ich feiere ein Comeback nach allen Regeln der Kunst.

Simone hat die Tür offen gelassen, was mir erst auffällt, nachdem hier Ordnung eingekehrt ist und ich den Laden wieder unter Kontrolle habe. Auf einmal lese ich diesen Türspalt als eine stumme Aufforderung, ihr nachzugehen. Mir ist, als gäbe es ein zartes, unsichtbares Band zwischen ihr und mir, das durch ein Türenschlagen oder auch nur -schließen gekappt worden wäre. Aber genau das hat Simone nicht gewollt. Sie ist gegangen, ohne etwas zu beenden, das wird mir jetzt klar. Und es bleibt dieser sanfte Zug in der Luft, der mich zu ihr führt wie die Duftspur ihres Parfüms. Ich stehe auf, gehe ein paar Schritte. Eine Welle der Dankbarkeit durchläuft mich. Mit der flachen Hand streiche ich über das gemaserte Furnier. Ganz behutsam lehne ich die Tür an, um unser Band nicht zu durchtrennen. Dann mache ich mich wieder an die Arbeit. Ich bin Simone mehr als dankbar, ich bin gerührt, weil sie es immer wieder schafft, mir zu zeigen, dass ich nicht allein bin.

Um 15.30 Uhr will mich Kornmüller sehen. Vorher treffe ich Veronika zum Briefing auf einen Kaffee. Ich bin nicht nervös. Dazu besteht keine Veranlassung. Von Veronika habe ich nichts zu befürchten. Sie ist zwar inzwischen in den Kreis der Erlauchten aufgestiegen, aber ich kenne sie noch aus ihrer Zeit als Praktikantin und habe immer zu ihren Förderern gehört. Sie wird mich auf den neuesten Stand bringen, ohne dass ich mich künstlich vor ihr beweisen muss. Und was Kornmüller selbst betrifft, vor ihm zittere ich nicht mehr als alle anderen auch. Ich darf nur nicht in meinen alten Fehler verfallen, mich zu unterschätzen. Nicht meine Fähigkeiten sind das Problem, sondern die viel zu geringe Meinung, die ich von ihnen habe. Das war schon immer die Gefahr. Kornmüller hat so eine Art, einem das Gefühl zu vermitteln, die Unterwürfigkeit, mit der man ihm allenthalben begegnet, sei völlig selbstverständlich und in meinem speziellen Fall schon von Generationen meiner Familie auf mich gekommen. Dabei war Kornmüllers Vater, wie der Name schon sagt, bei der Post. Ich präge mir den Satz ein: »Subaltern sein ist nicht erblich!« und mache mich auf den Weg in die Kantine.

Im Korridor zum Fahrstuhl begegne ich Elisabeth Spranger, die dem Frittiergeruch nach zu urteilen gerade daher kommt, wo ich hin will. Ihren Namen und Lebenslauf habe ich sofort auf dem Schirm, obwohl unsere Abteilungen weitgehend unabhängig voneinander arbeiten und wir uns allenfalls mal auf Betriebsausflügen über die Weltkonjunktur unterhalten. Aber mein Gedächtnis ist plötzlich wie angeknipst.

Was auch immer heute auf dem Speiseplan steht, es scheint Elisabeth Spranger nicht gut bekommen zu sein. Sie ist blass, sogar ein bisschen grün um die Nase, bringt aber ein tapferes Lächeln zustande, während sie an mir vorbeigeht. Ich nicke zurück, freundlich, aber unverbindlich, und beschließe spontan, in nächster Zeit keinerlei Festnahrung zu mir zu nehmen. Mit dem Catering von heute früh hat mein Magen noch genug zu schaffen. Elisabeth ist schon in meinem Rücken, als sie unvermittelt stehen bleibt und ausruft: »Also, Sie sehen wirklich fantastisch aus, Herr Klein, wie machen Sie das bloß?« Ein Kompliment, das nicht zählt, weil sie ganz offensichtlich nur zurückgefragt werden will, wie es ihr denn gehe und was um Himmels willen los sei. Von daher entscheide ich mich für ein verschwörerisches Augenzwinkern, flüstere »Berufsgeheimnis« und lasse sie stehen, ehe sie etwas erwidern kann. Zum Glück öffnet sich prompt eine Fahrstuhltür und verschluckt mich. Arme Elisabeth. Ich wünsche ihr wahrhaftig nichts Böses. Aber mein Instinkt sagt mir, dass es im Moment gerade unklug wäre, mit ihr zusammen gesehen zu werden. Es gibt Leute, die ziehen das Unglück an.

Ich bin allein in der Fahrstuhlkabine, starre aber stur geradeaus auf die Ritzen der Schiebetür, um jeden Blickkontakt mit meinem Spiegelbild zu vermeiden. Selbst wenn Elisabeth Spranger maßlos übertrieben hat, müsste ich immer noch ziemlich gut aussehen, doch Komplimenten sollte man nie zu tief auf den Grund gehen. Stattdessen schaue ich auf die Uhr: Ich bin nicht unpünktlich, aber spät dran. Womöglich wird Veronika schon vor mir unten beim Kaffee sein. Noch während ich überlege, wie ich das finden soll, kommt es zu einem Zwischenstopp. Die beiden Türhälften fahren auf und geben den Blick frei auf die nahezu vollzählig versammelte Personalabteilung. Die Ersten steigen bereits zu, als Dr. Strasser aus der zweiten Reihe zu mir herüberruft: »Fahren Sie hoch oder runter?« – »In die Kantine«, sage ich wahrheitsgemäß, ohne nachzudenken. Darauf Wilfried Moser-Eschenbach, der sich schon neben mich gestellt hatte: »So ist es richtig, nur nicht überarbeiten!« – ein Scherz, mit dem er kollektive Heiterkeit erregt. Ich fühle mich sofort ertappt, vollkommen grundlos natürlich, aber bevor ich wieder klar denken kann, ist es zu spät, um noch hinzuzufügen, dass ich dort zu einem Meeting mit Veronika Hämel verabredet bin. Damit würde ich mich vollends lächerlich machen. Also muss ich schweigend mit ansehen, wie Moser-Eschenbach zwei, drei Schritte von mir zurückweicht und sich wieder auf den Flur stellt. »Ja, so ist das Leben«, seufzt er mit der gesamten Mannschaft im Rücken, »die einen wollen hoch, die andern fahren runter«, wofür er unbegreiflicherweise einen zweiten wiehernden Abteilungslacher erntet. Wahrscheinlich findet die Belegschaft neuerdings alles zum Schießen, sofern es von Moser-Eschenbach kommt, was mich auf den Gedanken bringt, er könnte in meiner Abwesenheit befördert worden sein.

Mir schwirrt der Kopf vor lauter Hätte-ich-nur und Wenn-doch-bloß, als ich die Kantine betrete. Veronika ist noch nicht da. Ein schlechtes Zeichen. Ich fühle mich so verloren wie am ersten Schultag nach den großen Ferien. Linkisch schlängele ich mich an ein paar Bistrotischen vorbei, an denen namenlose Kollegen im Kampf mit der Verdauungsmüdigkeit Espresso nippen. Ich kenne niemanden. Oder hat mich mit dem Glück jetzt auch noch mein Gedächtnis verlassen? Die Gespräche ersterben, als ich näher komme. Eines der letzten Worte, das in der Stille verhallt, ist mein Name. Aber vielleicht bilde ich mir das auch nur ein und es hat bereits tiefes mittägliches Schweigen geherrscht, als ich hier hereinkam. Ich hole mir ein stilles Wasser an der Selbstbedienungstheke. Schon auf den ersten Griff löst sich das Etikett von der Flasche. Ich muss unbedingt aufhören, in allen Dingen gleich Zeichen zu sehen.

Es ist nicht Veronika, die sich zu mir setzt, nachdem ich eine Weile vor mich hingebrütet habe, sondern ausgerechnet Neumann, der Wichtigtuer, doch das merke ich erst, als er den Stuhl schon beiseite gerückt hat und sich mit einem demonstrativen Schnaufer neben mich plumpsen lässt. Wieder zu spät! Ich habe nicht die Kraft zu protestieren, auch wenn niemand, der etwas auf sich hält, mit Neumann an einem Tisch sitzen würde. Aber darauf kommt es jetzt auch nicht mehr an. Ich habe das Gefühl, abgrundtief in mich zurückzufallen, noch unwiderruflicher als je zu Zeiten meiner Urlaubsapathie. Es scheint sogar, als würde ich Neumann mit in die Tiefe reißen. Er zieht keineswegs das notorisch frohsinnige Neumann-Gesicht, sondern schaut eher versunken aus der Wäsche, ein Gemütszustand, von dem ich nie gedacht hätte, dass er dazu fähig sein könnte. Bislang war ich immer davon ausgegangen, dass Neumann morgens mit dieser Karikatur von einem Lächeln im Gesicht aufwacht und abends mit derselben starrkrampfartigen Grimasse wieder einschläft. Als ich das nächste Mal zu ihm aufschaue, trinkt er einen Schluck Bier aus der Flasche. Es kommt mir plötzlich so vor, als sei massenhaft Zeit vergangen.

»… aber sie ist schon halb zur Tür raus, da dreht sie sich noch einmal auf dem Absatz um und sagt nach alledem: ›Nicht traurig sein, Bärchen, du bist kein Einzelfall‹. Ich bin kein Einzelfall? Wen, bitte, soll das trösten? Natürlich bin ich ein Einzelfall! Jeder ist ein Einzelfall.‹ Du vielleicht nicht? Ich meine, das ist doch kein Trost. Das ist das Schlimmste, was man über einen Menschen sagen kann! Wie soll ich mein Leben leben, wenn ich kein Einzelfall bin? Wie machst du denn das? Stehst du morgens auf, niemand neben dir, kein Mensch, aber du sagst dir: ›O nein, es mag vielleicht so aussehen, aber ich bin nicht allein, denn schließlich bin ich kein Einzelfall, von daher, los-los, marsch-marsch, alle miteinander, Zähne putzen!‹ Und wenn hier im Job tagaus, tagein genau dieselbe miese Tour abläuft und du dich zum tausendsten Mal fragst, wozu das Ganze, kommt dir dann der rettende Gedanke: ›Hey, die meinen's ja gar nicht persönlich, das gehört einfach dazu, so einen wie dich braucht jede Firma, wenn du's nicht wärst, wär's halt ein anderer, du bist schließlich kein Einzelfall.‹ Na, danke!«

Drei Dinge beunruhigen mich: Wieso erzählt Neumann mir das? Wie kommt er überhaupt auf die Idee, dass ich Verständnis für ihn haben könnte? Und wenn sogar Neumann darauf kommt, was muss erst der Rest der Firma von mir denken? Ich schaue wieder auf mein Wasser ohne Etikett, entferne ein paar Klebstoffreste von der Flasche und denke an nichts.

»Aber darum geht es in Wirklichkeit gar nicht. Es geht überhaupt nicht um uns, sondern um den Persilschein für die andern. In Wirklichkeit will sie damit nämlich nur sagen: Mich trifft keine Schuld. Das wär dir mit jeder Frau so gegangen, du gehörst eben zu dieser Kategorie. Dass ich kein Einzelfall bin, heißt doch nichts anderes als, zum Beispiel, wenn ich jetzt mit Elena zusammen gewesen wäre, wär mir genau dasselbe passiert. Jede hätte mir das angetan, verstehst du? Die andern sind vollkommen austauschbar. Sie sind im Grunde alle ein und dieselbe Person, die andern!«

Ich bin weder in der Lage zu nicken noch den Kopf zu schütteln, weil ich in diesem Augenblick registriere, dass Veronika mich ansieht. Sie muss mich schon eine ganze Weile vom Tresen aus beobachtet haben, wofür ich mich in besseren Zeiten geschämt hätte, doch mittlerweile ist mir auch das egal. Ich stehe auf, beinahe mechanisch, entschuldige mich murmelnd bei Neumann und lasse ihn ohne weitere Erklärung sitzen. Veronika trinkt ihren Kaffee im Stehen und schaut zwischen den einzelnen Schlucken auf ihre Armbanduhr. Sie wirkt ein wenig müde, aber lauernd.

»Na, losgeeist?« Ein Lächeln der prüfenden Art.

Ich sage: »Gut siehst du aus«, ich weiß nicht, warum ich das sage.

»Hör zu, ich bin schon seit heute Vormittag im Verzug und muss gleich wieder hoch. Aber ich wollte dich wenigstens vorwarnen …«

Ich habe keine Ahnung, mache aber ein wissendes Gesicht.

»Kornmüller war in letzter Zeit sehr zufrieden mit dir, das ist die gute Nachricht. Die schlechte ist, es reicht nicht ganz. Leider.«

»Was soll das heißen, in letzter Zeit?«

»In letzter Zeit eben.«

»In letzter Zeit war ich nicht da.«

»Willst du ihm das sagen?«

»Aber wie kann er mit mir sehr zufrieden sein, wenn ich nicht …« Ich bin ein bisschen zu laut geworden, meine Frage steht unüberhörbar albern im Raum. Veronika schaut sich um. Gesenkte Blicke überall.

»Tut mir Leid für dich. Ich muss los.«

»Hat er sonst noch was gesagt? Ich meine …« Ich verschlucke den Rest, weil ich nicht will, dass es sich anhört, als würde ich betteln.

»Er meinte, du solltest mal ausspannen.«

»Er …«, ich schlucke, »… er meint, ich bräuchte ein bisschen …«

»Urlaub, ja. Ist das so schlimm?« Veronika stellt ihre Tasse ab.

»Kein Problem. Ich kann Urlaub machen. Wenn er das meint …«

»Unbezahlt, meint er.«

Ich nicke, doch Veronika hat sich schon abgewendet.

»Nur eine Frage noch, bitte …« Jetzt bettle ich doch. »Warum ich? Warum nicht, beispielsweise, Neumann?«

»Neumann wäre soziale Härte«, sagt sie sanft, ist aber in Gedanken schon woanders.

»Danke«, rufe ich ihr hinterher, »danke für den Tipp!«

Sie dreht sich tatsächlich noch einmal um und winkt mir mit vier Fingern: »Grüße an Elena!«

Autoren- und Quellennachweis

LASSEN BEINER, geboren 1949 in Bremen. Er verfasste mehrere Hörspiele, Gedicht- und Prosabände und schreibt Kurzgeschichten für Kinder. Der Autor lebt heute in Berlin. »Schmetterlingssommer« © beim Autor

JEFFERSON CHASE, geboren 1966 in Springfield, Massachusetts, USA. Studierte deutsche Literatur und lebt zurzeit als freier Autor, Übersetzer und Journalist in Berlin. »Europa« © beim Autor

TANJA DÜCKERS, geboren 1968 in Berlin, wo sie auch heute lebt. Sie hat zwei Romane und einen Band mit Erzählungen veröffentlicht. Zurzeit ist ihr erstes Kinderbuch in Vorbereitung. »Freibad-Blues« © bei der Autorin

JOHN VON DÜFFEL, geboren 1966 in Göttingen, lebt als Autor und Dramaturg in Hamburg. Er hat drei Romane sowie Kurzgeschichten und mehrere Theaterstücke veröffentlicht. »Remember Richard Klein« © beim Autor

UWE-MICHAEL GUTZSCHHAHN, geboren 1952 im Rheinland, lebt als freier Lektor, Übersetzer, Herausgeber und Autor in München. Er veröffentlichte Gedichte, Erzählungen und Romane für Erwachsene und Kinder. »Engelbrücke« © beim Autor

MICHAEL HATRY, geboren 1940 in Hamburg. War Dramaturg und lebt heute als freier Schriftsteller in München. Er verfasste Hörspiele, Theaterstücke und Drehbücher und hat zahlreiche Kinder- und Jugendbücher veröffentlicht. »Sommerwind« © beim Autor

FRANZ HOHLER, geboren 1943 in Biel, lebt heute in Zürich. Er arbeitet als Kabarettist und schreibt Gedichte, Geschichten, Romane und Theaterstücke für Erwachsene und Kinder. In der *Reihe Hanser* ist das Buch ›Der Riese und die Erdbeerkonfitüre‹ (dtv 62021), illustriert von Nikolaus Heidelbach, erschienen. »Zu Berg« aus: F.H., Zur Mündung © Luchterhand Verlag, München, 2000

Jan Koneffke, geboren 1960 in Darmstadt, studierte Philosophie und Germanistik und lebt heute als freier Schriftsteller in Wien. Er hat drei Romane und zwei Gedichtbände veröffentlicht. »Adlers Bande« © beim Autor

Henriette Kuhrt, geboren 1977 in Hamburg, studiert Journalistik, Politik und Wirtschaftsgeschichte in München. Im Herbst erscheint ihr erstes Buch. »Mein Sommer mit Alescha« © bei der Autorin

Root Leeb, geboren 1955 in Würzburg, arbeitete als Lehrerin und als Straßenbahnfahrerin. Heute lebt sie als freie Autorin und Illustratorin in der Nähe von Mainz. »Sommerflirren« © bei der Autorin

Brigitte Schär, geboren 1958, seit 1988 lebt sie als freie Autorin und Sängerin in Zürich. Sie hat mehrere Bücher und CDs für Erwachsene und Kinder veröffentlicht. In der *Reihe Hanser* ist das Buch ›Das geht doch nicht‹ (dtv 62035), illustriert von Jacky Gleich, erschienen. »Die Entdeckung« © bei der Autorin

Michael Wildenhain, geboren 1958, lebt heute als freier Schriftsteller in Berlin. Er hat Gedichte, Erzählungen, Romane und Theaterstücke für Erwachsene und Jugendliche veröffentlicht. »Kunststück« © beim Autor

Sigrid Zeevaert, geboren 1960 in Aachen, studierte Pädagogik und schrieb als Abschlussarbeit ihren ersten Kinderroman. Seither lebt sie als freie Autorin noch immer in Aachen. »Der Sommer fängt an« © bei der Autorin